CÉRÉALES KILLER

DU MÊME AUTEUR

A compter de 2003, les San-Antonio seront numérotés par ordre chronologique d'écriture de Frédéric Dard, qui est aussi l'ordre originel des parutions. Cette décision entraîne un changement de numérotation des S-A des n° 1 à 107. Par contre, la numérotation des S-A n° 108 à 175 reste inchangée. (Voir à la fin de ce volume le tableau de correspondance entre l'ancienne numérotation et celle indiquée ci-dessous.)

1 *Réglez-lui son compte !*
2 *Laissez tomber la fille*
3 *Les souris ont la peau tendre*
4 *Mes hommages à la donzelle*
5 *Du plomb dans les tripes*
6 *Des dragées sans baptême*
7 *Des clientes pour la morgue*
8 *Descendez-le à la prochaine*
9 *Passez-moi la Joconde*
10 *Sérénade pour une souris défunte*
11 *Rue des Macchabées*
12 *Bas les pattes !*
13 *Deuil express*
14 *J'ai bien l'honneur de vous buter*
15 *C'est mort et ça ne sait pas !*
16 *Messieurs les hommes*
17 *Du mouron à se faire*
18 *Le fil à couper le beurre*
19 *Fais gaffe à tes os*
20 *A tue... et à toi*
21 *Ça tourne au vinaigre*
22 *Les doigts dans le nez*
23 *Au suivant de ces messieurs*
24 *Des gueules d'enterrement*
25 *Les anges se font plumer*
26 *La tombola des voyous*
27 *J'ai peur des mouches*
28 *Le secret de polichinelle*
29 *Du poulet au menu*
30 *Tu vas trinquer, San-Antonio*
31 *En long, en large et en travers*
32 *La vérité en salade*
33 *Prenez-en de la graine*
34 *On t'enverra du monde*
35 *San-Antonio met le paquet*
36 *Entre la vie et la morgue*
37 *Tout le plaisir est pour moi*
38 *Du sirop pour les guêpes*
39 *Du brut pour les brutes*
40 *J'suis comme ça*
41 *San-Antonio renvoie la balle*
42 *Berceuse pour Bérurier*
43 *Ne mangez pas la consigne*
44 *La fin des haricots*
45 *Y a bon, San-Antonio*
46 *De « A » jusqu'à « Z »*
47 *San-Antonio chez les Mac*
48 *Fleur de nave vinaigrette*
49 *Ménage tes méninges*
50 *Le loup habillé en grand-mère*
51 *San-Antonio chez les « gones »*
52 *San-Antonio polka*
53 *En peignant la girafe*
54 *Le coup du père François*
55 *Le gala des emplumés*
56 *Votez Bérurier*
57 *Bérurier au sérail*
58 *La rate au court-bouillon*
59 *Vas-y Béru !*
60 *Tango chinetoque*
61 *Salut, mon pope !*
62 *Mange et tais-toi*
63 *Faut être logique*
64 *Y a de l'action !*
65 *Béru contre San-Antonio*
66 *L'archipel des Malotrus*
67 *Zéro pour la question*
68 *Bravo, docteur Béru*
69 *Viva Bertaga*
70 *Un éléphant, ça trompe*
71 *Faut-il vous l'envelopper ?*
72 *En avant la moujik*
73 *Ma langue au chah*
74 *Ça mange pas de pain*
75 *N'en jetez plus !*

76 *Moi, vous me connaissez ?*
77 *Emballage cadeau*
78 *Appelez-moi chérie*
79 *T'es beau, tu sais !*
80 *Ça ne s'invente pas*
81 *J'ai essayé : on peut !*
82 *Un os dans la noce*
83 *Les prédictions de Nostrabérus*
84 *Mets ton doigt où j'ai mon doigt*
85 *Si, signore*
86 *Maman, les petits bateaux*
87 *La vie privée de Walter Klozett*
88 *Dis bonjour à la dame*
89 *Certaines l'aiment chauve*
90 *Concerto pour porte-jarretelles*
91 *Sucette boulevard*
92 *Remets ton slip, gondolier*
93 *Chérie, passe-moi tes microbes !*
94 *Une banane dans l'oreille*
95 *Hue, dada !*
96 *Vol au-dessus d'un lit de cocu*
97 *Si ma tante en avait*
98 *Fais-moi des choses*
99 *Viens avec ton cierge*
100 *Mon culte sur la commode*
101 *Tire-m'en deux, c'est pour offrir*
102 *A prendre ou à lécher*
103 *Baise-ball à La Baule*
104 *Meurs pas, on a du monde*
105 *Tarte à la crème story*
106 *On liquide et on s'en va*
107 *Champagne pour tout le monde !*
108 *La pute enchantée*
109 *Bouge ton pied que je voie la mer*
110 *L'année de la moule*
111 *Du bois dont on fait les pipes*
112 *Va donc m'attendre chez Plumeau*
113 *Morpions circus*
114 *Remouille-moi la compresse*
115 *Si maman me voyait !*
116 *Des gonzesses comme s'il en pleuvait*
117 *Les deux oreilles et la queue*
118 *Pleins feux sur le tutu*
119 *Laissez pousser les asperges*
120 *Poison d'avril ou la vie sexuelle de Lili Pute*
121 *Bacchanale chez la mère Tatzi*
122 *Dégustez, gourmandes !*
123 *Plein les moustaches*
124 *Après vous s'il en reste, monsieur le Président*
125 *Chauds, les lapins !*
126 *Alice au pays des merguez*
127 *Fais pas dans le porno*
128 *La fête des paires*
129 *Le casse de l'oncle Tom*
130 *Bons baisers où tu sais*
131 *Le trouillomètre à zéro*
132 *Circulez ! y a rien à voir*
133 *Galantine de volaille pour dames frivoles*
134 *Les morues se dessalent*
135 *Ça baigne dans le béton*
136 *Baisse la pression, tu me les gonfles !*
137 *Renifle, c'est de la vraie*
138 *Le cri du morpion*
139 *Papa, achète-moi une pute*
140 *Ma cavale au Canada*
141 *Valsez, pouffiasses*
142 *Tarte aux poils sur commande*
143 *Cocottes-minute*
144 *Princesse patte-en-l'air*
145 *Au bal des rombières*
146 *Buffalo Bide*
147 *Bosphore et fais reluire*
148 *Les cochons sont lâchés*
149 *Le hareng perd ses plumes*
150 *Têtes et sacs de nœuds*
151 *Le silence des homards*
152 *Y en avait dans les pâtes*
153 *Al capote*
154 *Faites chauffer la colle*
155 *La matrone des sleepinges*
156 *Foiridon à Morbac City*
157 *Allez donc faire ça plus loin*
158 *Aux frais de la princesse*
159 *Sauce tomate sur canapé*

160 *Mesdames, vous aimez ça*
161 *Maman, la dame fait rien qu'à me faire des choses*
162 *Les huîtres me font bâiller*
163 *Turlute gratos les jours fériés*
164 *Les eunuques ne sont jamais chauves*
165 *Le pétomane ne répond plus*
166 *T'assieds pas sur le compte-gouttes*
167 *De l'antigel dans le calbute*
168 *La queue en trompette*
169 *Grimpe-la en danseuse*
170 *Ne soldez pas grand-mère, elle brosse encore*
171 *Du sable dans la vaseline*
172 *Ceci est bien une pipe*
173 *Trempe ton pain dans la soupe*
174 *Lâche-le, il tiendra tout seul*
175 *Céréales killer*

Hors série :

Histoire de France.
Le standinge.
Béru et ces dames.
Les vacances de Bérurier.
Béru-Béru.
La sexualité.
Les Con.
Les mots en épingle de Françoise Dard.
Queue-d'âne.
Les confessions de l'Ange noir.
Y a-t-il un Français dans la salle ?
Les clés du pouvoir sont dans la boîte à gants.
Les aventures galantes de Bérurier.
Faut-il tuer les petits garçons qui ont les mains sur les hanches ?
La vieille qui marchait dans la mer.
San-Antoniaiseries.
Le mari de Léon.
Les soupers du prince.
Dictionnaire San-Antonio.
Ces dames du Palais Rizzi.
La nurse anglaise.
Le dragon de Cracovie.
Napoléon Pommier.

Œuvres complètes :

Vingt-neuf tomes parus.

Morceaux choisis :

1. *Réflexions énamourées sur les femmes*
2. *Réflexions pointées sur le sexe*
3. *Réflexions poivrées sur la jactance*
4. *Réflexions appuyées sur la connerie*
5. *Réflexions sur les gens de chez nous et d'ailleurs*
6. *Réflexions passionnées sur l'amour*
7. *Réflexions branlantes sur la philosophie*
8. *Réflexions croustillantes sur nos semblables*
9. *Réflexions définitives sur l'au-delà*
10. *Réflexions jubilatoires sur l'existence*

Mes délirades

SAN-ANTONIO

CÉRÉALES KILLER

Roman agricole

Fleuve Noir

ISBN 2-265-07574-1

Avant-Propos

JULIETTE

Dernier Chapitre

(servant en l'eau-cul-rance d'introduction à cette étrange histoire [1])

Ce fut sans doute l'un des plus beaux matins du monde, puisque ce fut celui où IL mourut.

La lune, quand elle est pleine, et toi aussi, te fait penser à un cul, admets ? Eh bien, cette nuit-là, pas du tout. C'était une lune fielleuse, plus blanche qu'un lilas offert à une jeune tuberculeuse, zébrée de nuages noirâtres aux allures de crapauds, de vampires et de hiboux (lorsqu'ils n'ont rien à voir avec les joujoux, les bijoux et les sapajous). Une lune à laquelle aucun cinéaste n'aurait osé crever l'œil avec un obus par peur de voir surgir de l'orbite défoncée tous les personnages maléfiques

1. Te caille pas la laitance, mec, tu finiras par piger où je veux en venir !

hantant sa pensée. Une lune d'hiver, engendresse de froidure et de brumes. Elle projetait sur le sol cahoteux, chaotique et glacé de la petite commune de Saint-Jean-Nivers une pâleur bizarrement contrastée qui conférait à notre astre un aspect angoissant. Les branches squelettiques des pommiers du verger s'étaient chargées de givre et menaçaient de se rompre à tout instant, comme des cols de fémur dans un hospice pour génaires [1].

Anatole Blondeau était agrippé au volant de son tracteur. Ses fesses débordaient de la selle de cuir comme les joues du regretté Louis-Philippe sur son jabot de dentelle. L'engin progressait dans la fantomatique blancheur du petit jour qu'accentuait la danse de ses phares. Le passage des pneus dans la gelée abandonnait une traînée baveuse d'escargot en balade sur un voile de mariée. Curieusement, ni la pétarade du moteur, ni le brinquebalis du tombereau ne semblaient troubler la quiétude de l'endroit.

Parvenu au sommet d'une butte, le paysan éteignit ses phares et coupa le contact. Petit à petit, les bâtiments de sa modeste ferme située en contrebas commencèrent à se dessiner sur sa rétine. Il ne lui restait plus qu'à laisser son mastodonte descendre doucement le chemin, en contrôlant la vitesse à l'aide du frein à main.

1. Une phrase de toute beauté, bravo ! *Jean-François Rebel.*

L'équipage s'arrêta dans un crissement auprès d'une espèce de marigot qui de jour se révélait être une vaste fosse à purin. Rétablissant le moteur, Anatole manœuvra de façon à mettre à cul le tombereau au-dessus de l'ignoble liquide.

Anatole sauta de son poste de conduite, témoignant d'une souplesse surprenante pour un homme de sa corpulence. Il faut dire qu'il était encore jeune, bataillant à peine sur les frontières de la cinquantaine. Il retira les goupilles de la ridelle arrière, découvrant une masse imposante qui occupait le centre du plateau.

Il s'agissait d'un corps humain auquel trois grosses pierres étaient attachées.

Le cultivateur actionna une manette qui provoqua le soulèvement de la benne. Malgré l'inclinaison, le cadavre restait plaqué au fond par le poids de son lest.

— T'veux pas y alla, t'vas y alla quand même, s'impatienta Anatole.

S'emparant de sa fourche, il la planta sans répulsion dans la viande morte, pour aider le corps à glisser contre le métal et à plonger dans le lisier. Il y eut d'abord un gros floc, quelques remous dans le purin, un bruit d'égout en vidange puis le calme, le silence.

— V'là une tombe pour toi, mon salaud, murmura le paysan en se signant comme tout bon chrétien en pareille circonstance.

Une lumière venait de s'allumer au rez-de-chaussée de la fermette et une silhouette de femme replète se découpait sur le pas de la porte.

— Natole ! Tu travailles déjà à c't'heure ?

— Les bêtes, ça attend pas, ma pauvre Martha, fit le gros homme en s'approchant.

— Tu vas y laisser ta santé.

— Elle me sert à quoi ma santé, maintenant que Juliette est morte ?

Martha se jeta dans les bras de son mari.

— Ne parle plus de ça, je t'en supplie.

Elle portait pour tout vêtement cette robe de chambre en pilou grisâtre qu'il lui avait toujours connue. Anatole glissa sa main entre deux cuisses encore fermes, remonta jusqu'à une humide touffeur qu'il fourragea sans retenue. Puis il porta ses doigts à son nez, les huma longuement et décela sur son index le délicat fumet d'une potée en bonne voie de digestion. Ipso facto, il identifia l'aigrelette salinité de son médius. Satisfait, il claqua le fessier de sa femme.

— Prépare un café fort, Martha. La nuit a été rude...

Première partie

MÉLANIE

Chapitre pommier

(Pour rappeler le Napoléon de même numéro aux glandus qui ne l'auraient encore pas lu[1])

Quelque temps Pluto...[2]

Pour moi, le retour à la Grande Cabane après quelques jours d'absence, c'est toujours émouvant. Un bourrin qui regagne son écurie le dos en compote, les flancs labourés par un connard dûment éperonné, bombé et cravaché, doit ressentir le même soulagement, la même délivrance. Moi, ma paille c'est la moquette de mon burlingue et mon palefrenier, le brigadier Poilala, nouveau planton de la Tour Pointue.

Il m'accueille avec l'impeccable salut militaire mis au point en son temps par son père, brigadier

1. Même éditeur, même auteur, même talent.
2. Comme dit Béru depuis qu'il a emmené sa Gravosse à Euro-Disney.

chef, dont le destin tragique s'acheva dans un attentat à l'explosif perpétré en ces lieux. De son géniteur, Poilala junior a conservé le sourcil haut et le front bas, le nez en bec d'oie gavée, le regard croisé et ce besoin ganache de servir la gloire de la France qui tant fatigue nos héros.

— Comment s'est-ce-t-il passé ce voyage à Bruxelles, monsieur le commissaire ?

Lui, il sait que les titres pompeux me pompent le nœud et que seul celui de commissaire m'agrée (de canard).

— Frites, moules et Leffe pression, mon bon Poilala. Conforme, quoi.

En vérité je te le dis, ce voyage en terre brabançonne revêtait une importance capitale pour l'avenir de la police européenne puisque le colloque auquel j'étais convié portait sur ce thème gravissime : « l'influence de la suppression des bâtons blancs des gardiens de la paix sur la recrudescence des accidents mortels chez les aveugles au volant. » Tu mords le dilemme ?

Je m'engage quatre à quatre dans l'escadrin. Poilala me rappelle.

— M'sieur le commissaire, quéqu'un vous attend dans votre bureau.

— Qui ça ?

— Un jeune homme qui voulait vous causer.

— Et tu l'as laissé monter ? irrité-je-me.

— Pas pu faire autrement.

— En quel honneur ?

— Il s'appelle pareil comme vous.

Brève gymnastique dans mon ciboulot. La lumière jaillit.

— Antoine ?

— Affirmatif. Mon père vous a servi, un jour c'est lui qui sera mon chef. Comprenez que je pouvais pas m'interposasser, question de solidarité filassière.

— Dis-moi, Poilala, tes cours du soir, tu les as pris avec Bérurier, non ?

— Vous avez reconnu le style, se rengorge-t-il.

— Un peu, mon neveu.

Il interprète cette marque de népotisme comme un adoubement et se met à ruisseler de bonheur, surtout dans les secteurs qui ne se voient pas au premier rabord mais se reniflent très vite.

J'ouvre la porte de ma turne à la volée. Il est bien là, mon grand fils, vautré dans mon fauteuil directorial, lunettes solaires relevées dans sa chevelure brune et drue, l'œil plus bleu qu'un muguet lorsqu'il ressemble à une pervenche, cigarillo au coin du bec, blouson de cuir craquelé, t-shirt fripé, jean parfaitement délavé, baskets triples semelles négligemment croisées sur ma table de travail. Avec mon costard Cerruti [1], j'ai d'un coup l'impression d'être évadé du paléolithique. Autres temps, autres modes. Il va falloir que je m'habitue.

Antoine se dresse d'un bond, écrase son clope

1. Publicité gratuite. Tu me connais, j'en croque pas.

dans mon encrier et me claque le bout des doigts à la manière des rappeurs. Puis il se penche en avant et vient déposer son front contre le mien.

— Papa ! J'avais hâte que tu rentres...

— Je suis heureux de te retrouver, fils, soufflé-je en le serrant tendrement contre moi.

Je tarde à lui poser la question qui me turlupine, par crainte de la réponse.

— Et alors, ce stage ? me décidé-je enfin.

D'un geste théâtral, Antoine balance une plaque de police fleur de coin sur le bureau.

— Lieutenant Antoine San-Antonio, police criminelle ! Je suis major de ma promo !

Te dire que je suis heureux de sa réussite chez les matuches, tu vas pas me croire. Tu sais ce que je pense du caractère éphémère des succès et de la précarité des lauréats. Eh bien, t'as tort Nestor, un frisson de fierté me parcourt depuis les burettes jusqu'au cervelet. Ce môme cueilli comme une mauvaise plante et que j'ai éduqué à la va comme je te pisse sans même le voir grandir devient soudain l'objet de ma gloriole paternelle. Bravo San-Antonio ! Ça, c'est de la descendance !

Faut que tu réagisses, mec. N'oublie pas que la métamorphose d'un petit d'homme obéit aux mêmes lois que celles des papillons : larve, chrysalide et tchao pantin ! On n'y peut rien. Chez nos embryons la trajectoire est à peine plus sophistiquée : tendre fœtus, joli poupon, charmant bambin, étudiant, militaire, jeune con, travailleur, père, chômeur, gros con, grand-père, retraité, vieux con et puis ce papillon de l'âme qui s'évade un beau jour d'un caisson de bois. Pin, chêne ou acajou... C'est à la couleur finale qu'on reconnaît la richesse d'un homme ou la beauté d'un lépidoptère.

M'enfin, je ne suis pas là pour démoraliser mon rejeton et je brandis un pouce d'empereur romain décidant qu'il enfilera lui-même le superbe gladiateur avec son propre pal.

— Ça s'arrose, mon fils ! Il me reste au frigo une bouteille d'yquem 76 qui n'attendait que cette occasion pour se laisser dépuceler.

Antoine calme mon enthousiasme d'un geste de la main.

— C'est un peu tôt pour faire péter les bouchons, papa.

A la lueur d'inquiétude traversant son regard, je pressens qu'il a du pas banal à m'annoncer.

— Tu as un problème ?

Il me désigne la chaise ordinairement dévolue aux prévenus.

— Assieds-toi.

Obéissant à l'injonction, le guignol taraudé par une sourde angoisse, je dépose mon écrin à roustons sur la moleskine.

— Je t'écoute.

Antoine — il tient au moins ça de moi — n'est pas du genre à tourner deux plombes autour du pot avant de déposer sa bouse.

— Tu as entendu parler du meurtre de la rave-party, avant-hier soir, en Beauce ?

— Oui, j'ai lu ça dans le train. Un abominable assassinat.

— Il faudrait que tu t'occupes de cette affaire, papa.

Je ne te cacherai pas que je me sens un chouïa soulagé. Je redoutais un drame du genre : Félicie a fait une attaque ou le toubib lui a découvert une vilenie. Parce que, forcément, ça arrivera un jour. Ça me tombera sur le râble quand je m'y attendrai le moins. On a beau y penser, on n'est jamais prêt à devenir orphelin.

— Un instant, fiston, la Beauce, c'est du ressort de la Crime de Chartres. Je connais le commissaire Roykeau, c'est un excellent flic.

— C'est bien ce qui m'inquiète, papa. A l'heure qu'il est, je suis sûrement son principal suspect.

*

* *

Quand j'explose, tous les mecs de Nagasaki s'enterrent dans leur cave à charbon et ceux d'Hiroshima, plus facétieux, se font hara-kiri avec une fourchette à escargots, les poilus du Chemin des Dames exécutent un triple salchow arrière dans leur tombe et Alfred Nobel me réclame des royalties sur la dynamite qu'il a inventée juste avant son prix de la paix. Et là, fais confiance, j'explose vraiment.

— Mais qu'est-ce que tu foutais dans une rave-party, bougre de nœud volant ?

— Laisse-moi au moins t'expliquer, gueule pas comme ça !

— Je gueule tant que je veux et ne me parle pas sur ce ton !

L'Antoine, il n'en mène pas plus large qu'une bonne sœur tutsi voyant débouler un régiment de Hutus, bites et machettes en mains. Il tente encore sans conviction de me calmer. Mais il me pratique depuis assez longtemps, et toi aussi vieux paf, pour savoir qu'on n'endigue pas une éruption san-antonienne. Lorsque la furie s'échappe de mes entrailles il faut s'attendre à des conséquences pompéiennes.

— Ecoute, papa...

— Je n'ai rien à écouter ! Non, mais regardez-moi ce merdaillon qui prétend entrer dans la police et qui va se défoncer à coups de décibels techno et de came pourrie avec des chimpanzés de son espèce...

Il profite de ma respiration pour tenter sa botte secrète.

— Je n'ai touché à aucune drogue, papa !

— Tu essaies de m'embrouiller. De toute façon, un camé ça ment tout le temps.

— Non, je te jure. C'est fini, ces conneries-là...

— Alors comment tu t'es retrouvé dans cette béchamel ?

Sentant que ma rage mollit, Antoine adopte le profil bas et le ton mielleux d'un éducateur rappelé à l'ordre par son supérieur pour avoir étourdiment oublié sa chevalière dans le rectum d'un jeune scout à l'occasion d'un camp de vacances dont il avait la charge.

— C'est ce que j'essaie de te raconter, p'pa, mais tu refuses de m'écouter.

Mon soupir équivaut à une reddition. Mais attention : une reddition temporaire car mes rechutes de rogne sont aussi brusques qu'imprévisibles.

— Vas-y et tâche d'être convaincant !

— J'ai fait la connaissance de Mélanie dans une boîte à Paris...

— Qui est Mélanie ? je demande avec cette implacabilité faisant de moi à la fois un flic et un misanthrope d'exception.

— Ben... La fille tuée dans la rave-party, bredouille mon Toinet, perdant pied.

— Il y a combien de temps que tu l'as rencontrée, cette môme ?

— Deux ou trois ans...

— C'est deux ou trois ? Un rapport doit être précis.

Antoine me regarde comme si je débarquais de la lune avec des palmes et un tuba.

— C'est un rapport que tu veux ? Je croyais qu'on pouvait se parler, tous les deux.

— Le bavardage n'est pas un luxe de flic. (Je lui désigne l'ordinateur de mon bureau.) Consigne toute cette histoire par le menu et envoie-la moi à Saint-Cloud. Je rentre. Je suis crevé.

— Tu ne veux pas que je te l'amène, mon rapport ?

— Je préfère que tu me le faxes.

Je sors de mon burlingue sans lui accorder l'obole d'un sourire ni même la grâce d'un regard. Je sais que je suis odieux et que tu m'en veux de comporter de la sorte avec mon mouflet. Mais sauf ton respect, je te conseille d'aller te faire tchétchéniser chez les Kosovars, because t'as rien compris au film.

L'odiosité[1] est en réalité un noble sentiment puisqu'il sert à en masquer un autre : la déception.

*

* *

En rangeant ma bagnole dans le garage agaçant (Béru dixit) à notre jardinet, je ressens un vrai sale goût dans ma bouche. Comme si j'avais becté le fond d'une cage à serins arrosé avec le jus de ta poubelle de mercredi dernier. On appelle ça l'amertume, je crois. Mon vieux Guy Savoy, le tendre Loiseau et le grand Veyrat (çui qui a un bitos vissé au-dessus du groin) pourraient se mettre la

1. Le mot existe, je viens de l'inventer. Mais si tu préfères « odieuserie », libre à toi.

toque en trompette avec leurs mets subtils aux herbes venues d'ailleurs, ils ne parviendraient pas à m'évacuer ce goût de chiottes car il ne provient pas de mon palais, mais du plus profond de mon âme.

Seul un petit plat bien mitonné de Félicie, peut-être ?... songé-je en remontant l'allée dont les lampadaires s'éclairent les uns après les autres sur mon passage. Un système que j'ai fait installer depuis que ma brave femme de mère a trébuché sur un vélo abandonné par Antoinette. Elle s'en est tirée avec quelques égratignures, ma Féloche, mais à son âge, il ne faut pas trop chahuter avec ses os.

Je remarque Salami en train de jouer avec la tortue que j'ai rapportée de chez Titan Ma Gloire[1]. Son truc, à mon clébard, c'est de la foutre sur le dos et de la faire tourner comme une toupie. Je ne sais pas si elle apprécie son sens de l'humour, miss Carapace, mais elle se console en se disant qu'elle aura encore cent ans à vivre tranquille après la mort du basset-hound. Voilà un avantage que l'on partage avec les tortues, les carpes et les éléphants sur les autres créatures : la longévité. C'est aussi ce qui nous rend si humbles et si glands devant un chêne.

Je m'attends à ce que Salami vienne renifler le bas de mon futal pour me témoigner son indéfectible affection, mais fume ! Il me fait la gueule, Court-en-pattes. Il m'en veut de ne pas l'avoir emmené à

1. Tu te souviens, à la fin de Napoléon Pommier ?

Bruxelles. Il aurait tant aimé filer un coup de langue sur la zigounette du Manneken-Pis, tu parles, la seule statue à la portée d'un basset.

Il y a des soirs où c'est pas ton jour, mords plutôt : Antoinette est au plumard avec une otite carabinée. Elle se tape un 39,5 sous abri et le docteur Le Zoute a recommandé de bien la surveiller pour ne pas laisser grimper la fièvre. Nuit d'angoisse en perspective. Comme un bonheur ne vient jamais seul, ma cousine Adèle, de Lisieux, celle qui sent le lard rance et la pisse de chat angora, a fait une tentative de suicide en avalant trois bouteilles d'huile d'olive cul sec (façon de parler). Elle va s'en sortir, mais maman a dû partir de toute urgence pour lui porter du linge de rechange. Tu me croiras si tu voudras (Saint-Tax selon Béru), mais en poussant la porte de la maison, j'ai tout de suite su que Félicie n'était pas at home. L'absence des gens qu'on aime se fait davantage sentir que leur présence. A l'ordinabitude, quand je me pointe, il flotte dans l'atmosphère des fragrances de plats longuement mijotés : blanquette à l'ancienne, bœuf mode ou pieds paquets. Ce soir, nibe ! Juste l'odeur, de bon aloi au demeurant, de l'encaustique à la cire d'abeilles. Un jour, ce sera comme ça tous les jours et pour toujours.

Ne souhaitant pas se risquer sur le terrain culinaire de maman et profitant lâchement de son départ, Marie-Marie n'a rien trouvé de mieux que de commander des sushis à la société de livraison rapide « Sapukantushi ». Je ne sais pas si tu connais ce plat japonais constitué de boulettes de riz vinaigré coiffées d'une tranche de poisson cru, qu'on trempe dans de la sauce soja moutardée ? Un plat ridicule comme deux judokas qui se saluent. Marie-Marie en raffole et Antoine aussi, ce petit couillon. Moi, je préférerais que tu me prépares un rat crevé en daube beaujolaise. Question de génération, peut-être, ou de culture. Pour ne pas désobliger la Musaraigne, je lui affirme qu'elle a eu l'idée du siècle. J'avale trois bouchées de riz en virgulant subrepticement poulpe, thon et daurade dans le pot du philodendron (il va lui pousser des écailles sur ses jolies feuilles vernissées) et m'injecte cinq décilitres de Kirin car ils savent copier la bière aussi bien que Vuitton et Cartier, les Bridés. Et puis, je prétends dans la foulée que le poisson cru me flanque le tricotin. Pour étayer mes dires, j'incite Marie-Marie à palper la courgette qui me pousse dans le calbute. Elle admet l'urgence de la situation. On bascule sur le canapé. Pas de gestes inutiles, on pare au plus pressé. Marie-Marie ne dégrafe que les trois boutons de braguette suffisant à autoriser le passage de mon ogive culéaire. D'un doigt en crochet j'écarte le fond de son string en dentelle et la jonction s'opère comme dans du velours. C'est à ce moment précis qu'Antoinette se met à pleurer à l'étage. La partie de radada est remise à une chatte ultérieure. Point positif, l'horrible poisson cru est devenu le cadet de mes sushis.

Un sursaut me réveille, à moins que ce ne soit l'éveil qui m'ait fait sursauter. La petite a bataillé longtemps contre sa canicule interne. On lui a administré de la Catalgine, on l'a plongée dans un bain rafraîchissant. On a même harcelé le pédiatre en plein coït, ça s'entendait à son souffle haletant et à ses doigts qui poissaient sur le combiné. On voulait être bien sûrs qu'Antoinette ne nous faisait pas un abcès de cerveau, une achalasie du cardia, de l'acide uranique, une acrocyanose de Patouillard, un adénome prostatique (heureusement rare chez les filles), une agranulocytose sous-jacente, de l'alopécie à géométrie variable, une angevine de poitrine, un anthrax de Saint-Minute, un aphte-à-Line, une aplasie médiévale, une arthrite de Russie, une ataxie G7, un bec-de-lièvre myxomateux, une bilirubine sur ongle, un botulisme et mouche cousue, une brucellose de Brabant, des calculs mento, une candidose de Maria, une colite frénétique, un cytomégalovirus pascuaïen, un delirium (même très mince), un diabète bête qui monte, une dysménorrhée surprécoce, une échinococcose toujours, un épanchement de Sidonie, une folliculite funicula, un ictère de feu, une leishmaniose broutor, un lipome Touskila, un lupus ducu, une morpionite aiguë, une néphrite épidémoule, un œdème de Quick, un œdème de Macdo, une pemphigoïde bulleuse, une plumothorax, une polypose tonku, un purpura d'aigou, une rimski de Korsakov, une salpingite à la noix, voire une classique fièvre typhoïde. On avait eu beau passer l'insoutenable dictionnaire médical en revue, ce qui nous tracassait le plus, c'était l'éventualité d'une méningite, saloperie qui galope ces temps-ci et fauche à l'aveuglette nos plus frêles bambins. Mais le toubib avait entériné mordicus son verdict : otite, otite, otite ! Qu'on le laisse achever sa levrette peinard, merde ! Trois déculages en vingt minutes, il a été obligé de se relancer à la manivelle, le pauvre !

Toinette a fini par s'endormir auprès de sa mère dans notre lit. Moi je me suis vachi sur le canapé du salon. Juste le temps de retirer cravate, ceinture, lacets façon garde à vue menée par Béru et j'ai fait le grand plongeon dans le sirop d'oubli.

Je pige ce qui vient de me réveiller : le fax. Pas la sonnerie, car il y a longtemps que je l'ai rendue aphone, pas déranger la gamine avec des conneries de boulot tardives et autres publicités noctamburnes. Non, c'est le friselis des feuilles qui s'en évadent. Te dire si j'ai le sommeil léger. Toi, tu sais combien de fois cette faculté m'a sauvé la vie.

Je me lève et m'étire comme n'importe quel misérable mammifère. Le petit jour s'annonce, discret, à travers les persiennes. La maison baigne dans une aimable torpeur. J'éprouve la fière sensation d'en être le bienfaisant veilleur. A titre de gratification, je me vote une large rasade d'une liqueur aux plantes des Alpes, allume un cigare trois fois plus gros que ta bitoune au repos et lance en sourdine sur la platine un concerto pour deux mandolines qui m'évoque la masturbation mutuelle de deux collégiennes. Je rassemble les feuilles du fax et m'installe à la table de la salle à manger.

Pas mal torché, le rapport de mon Antoine. Du style, le sens du détail... J'ai sûrement bien fait de le houspiller. J'accroche mon image dans la glace qui surplombe la desserte et ne peux retenir un sourire. Chartreuse verte, Davidoff et Vivaldi, est-ce vraiment différent des tequila, ecstasy et techno-parade que je reproche à mon fils ?

Toujours une affaire de génération ou de culture, le même besoin pour les animaux à sang chaud que nous sommes, de sentir qu'ils existent et d'oublier qu'ils n'existeront plus. Je devrais réviser mon jugement sur mon môme ou me programmer autrement pour le comprendre. Une révolution à entreprendre !

Je me concentre sur l'aventure beauceronne qu'il a consignée et la parcours jusqu'au bout. A la fin de ma lecture, j'ai les poils follets à la redresse et les sphincters qui jouent de la cornemuse. Une pareille histoire pourrait allumer une lueur de terreur jusque dans l'œil de M. Le Pen. Pas dans celui qu'il darde avec tant de haine sur l'inexistant Maigret, non, je parle de son œil bidon, celui qui suppure de désespoir depuis que les Hitloch, Musso et Pinocul, ces grands humanistes, ne sont plus au pouvoir.

Je vais te résumer, que tu mesures bien l'à quel point j'ai raison d'avoir le trouillomètre à zéro.

Mélanie Godemiche était la fille unique d'une grande famille de Beauce, propriétaire notamment de la ferme du Pinson-Tournan, proche de Chartres. Plus de mille hectares essentiellement plantés en maïs, laquelle céréale après maturation se transforme en blé selon un processus commercial.

Belle et pétée de thunes, Mélanie ne s'est jamais vraiment intéressée à l'agriculture et a préféré poursuivre des études qu'elle n'a pu rattraper. Duplex rue Saint-André-des-Arts, Porsche Carrera décapotable, compte ouvert chez mon regretté Castel, elle dépensait sans comté (et sans emmenthal). On la voyait plus souvent dans les boîtes à la mode et les agapes branchées qu'à la fac. A l'occasion de l'une de ces fiestas Antoine avait rencontré la superbe Mélanie. Mais leurs rapports étaient restés du genre platonique puisque limités à trois cunnilingus, deux fellations et une sodomie. Simple prise de contact, quoi. Par la suite, au cours de soirées plus intimes, ils avaient fini par sympathiser. Ceci explique que Mélanie, organisant dernièrement une petite fête en la ferme familiale, y avait convié mon rejeton. Il s'agissait d'une rave-party. Au cas où tu ne le saurais pas ou si par hasard tu l'ignorais (même Simone, s'ignorait, c'est te dire !), une rave-party est un rassemblement théoriquement musical de plusieurs centaines de jeunes, organisé à l'insu des forces de l'ordre en un lieu tenu secret jusqu'au dernier moment. Lorsque les bourdilles rappliquent et tombent sur trois mille ados allumés comme des pingouins qui ont fumé la banquise, il s'empressent de demander au sous-préfet l'autorisation de regagner au plus vite leur cantonnement.

En général ces manifestations s'achèvent sans trop de dégâts. Les accidents et les rixes incontournables, quelques gus piétinés, les overdoses de service que les mecs du Samu arrivent souvent à récupérer. Ce soir-là, à la ferme du Pinson-Tournan, tout s'était déroulé pour le mieux. On était plutôt en dessous de la moyenne des incidents. Jusqu'au moment où un gendarme patrouillant dans les encablures découvrit le cadavre de Mélanie. Le corps gisait dans un fossé, tout près de l'entrée de la ferme, à deux pas du parking.

Le type dégueule encore, tant sa trouvaille fut insoutenable. L'assassin avait tailladé les seins de la fille, lui avait retiré les ovaires et toute la légumerie qui va avec.

Ça va, c'est bon, tu as récupéré ? Alors tu veux savoir en quoi la présence d'Antoine à cette soirée me pose problème ?

Puisque tu le demandes, Fernande, je vais te répondre. Toinet avait filé rancard à Mélanie au vice et au suce de nombreux copains, à l'heure et à l'endroit où le matuche a découvert le meurtre. Bien. Il aurait pu ne pas venir, mon garnement. Mais il est venu, ce petit veau, impatient de planter sa tige dans de la chair de first quality. Il a trouvé l'immonde cadavre le premier, a entendu survenir le flic, s'est enfui dans des broussailles automnales tout en picots et sans feuilles. Puis il a réussi à regagner sa caisse garée sur un terre-plein non loin de là.

Seulement il s'est souvenu d'avoir paumé sa casquette dans la débandade. Une casquette Nike comme il en existe des milliers. A part que la sienne venait de lui être offerte par ses copains de promo de l'école de police et qu'ils avaient eu l'idée géniale de faire broder son nom à l'intérieur de la visière.

Chapitre Dreux

(Peut-être parce que cette ville est limitrophe de la Beauce ?)

J'entre dans le commissariat principal de Chartres.

Le flic obèse qui m'accueille est à peu près avenant et enjoué comme un chacal venant de vomir les selles d'une hyène hépatique.

— C't'à quel sujet ?

— Je voudrais voir le commissaire Bernard Roykeau, s'il vous plaît.

— Z'avez rendez-vous ? se rembrunit le poulardin.

— Non, mais Nanard m'a dit qu'un gros con m'attendrait à la réception pour me conduire jusqu'à lui.

La tronche du mec affiche la mine d'un pitbull en rut à qui tu caresses les roustons avec une plume d'oie espérant ainsi l'amadouer. Je m'empresse de le rasséréner.

— Comme le gros con n'est pas là, vous pourriez peut-être le remplacer.

Réconforté, le planton décroche son bigophone.

— Je vais voir ce que je peux faire. Allô ? Monsieur le commissaire, y a quéqu'un qui voudrait vous causer. Attendez, (s'adressant à moi) c'est quoi vot'nom ?

— Commissaire San-Antonio. Je suis également vice-directeur de la police nationale.

Le pandore, tu devineras jamais comment il réagit. Ça commence par un gargouillis du côté de son intestin grêle et puis d'un coup le gros côlon se vide. Il se met à chier sous lui, sans retenue.

On a tous connu des sons et lumières, mais des sons et odeurs, j'te jure, ça vaut le déplacement. A chaque salve correspond une pestilence et à chaque flatulence un remugle. C'est beau, le mélange des sens.

*

* *

Bernard Roykeau, c'est le beau mec caractérisé. Tout est bon chez lui, y a rien à jeter, qu'il aurait chanté notre Brassens s'il avait été de la jaquette flottante. Et le Petit Prince, un jour que Saint-Ex était pas trop bourré, il aurait pu demander : « S'il te plaît, dessine-moi un Roykeau ! » Tifs argentés, œil de braise, muscles d'acier, et en plus, sympathique, vif et intelligent. T'en aurais envie comme gendre, si t'avais une fille ? Te dire mieux ? Après moi, c'est le plus beau flic du monde.

Il me tend main et sourire. Je lui serre l'une et lui rends l'autre.

— Je t'attendais, San-Antonio.

On ne peut pas dire qu'il fasse dans l'hypocrisie, Nanard. Et pour bien me prouver qu'il joue cartes sur table, il dépose devant moi la casquette d'Antoine dont au sujet de laquelle je t'ai déjà causé au prélavable. Je donne moi aussi dans le franc-jeu.

— Mon fils m'a dit qu'il avait perdu cette casquette.

— Ton fils ! Tu parles d'Antoine ?

Roykeau se lève, contourne son bureau et vient se poster derrière moi. Il me parle d'un ton très doux en compulsant un dossier.

— Il est l'enfant d'un certain Vladimir Kelloustik que tu as flingué parce que c'était un voyou de la pire espèce.

Je bondis de mon siège.

— Antoine, je l'ai adopté, Félicie l'a élevé et ça fait plus de vingt ans qu'il est mon fils !

Roykeau a un geste amical : il me pétrit l'épaule comme un maquignon qui s'assure de la tendreté de son emplette.

— Je sais, je sais... Je ne fais que pronostiquer ce que dira le juge d'instruction.

— Parce que tu l'as déjà prévenu ? bouillonné-je.

— Bien sûr que non. Je t'ai dit que je t'attendais. Alors je te pose la question. Est-ce que ton fils a quelque chose à voir dans cette affaire ?

Je le fixe avec honnêteté.

— Je ne crois pas.

Il hoche longuement la tête avant de se décider à répondre.

— Tu comprends qu'il est dans de sales draps ?

— Je ne suis pas débile.

— Il a été vu sur place, flirtant avec la victime, il lui a filé rancard en un lieu et à une heure où la fille a été atrocement assassinée. Cerise sur le gâteau, il a paumé sa casquette dans les parages. Tu veux que je fasse quoi ?

Je ne sais pas pourquoi je balance un truc pareil, mais ça jaillit de moi comme un foutre mal contrôlé.

— Que tu attendes que je t'aie ramené le vrai coupable.

— Et ça peut prendre longtemps ?

— Je n'en sais rien...

Il lit l'éperdumence [1] sur mon visage.

— Disons que je t'accorde... un certain temps.

— Merci. J'aurais quand même besoin de quelques renseignements complémentaires... Allons prendre un café !

1. Cherche pas dans le dico, mes collègues de l'Académie ont oublié ce mot !

*
* *

Située sur la commune de Bourg-Moilogne, la ferme du Pinson-Tournan, c'est pas de la masure pour errémiste, crois-moi.

Un joyau de verdure posé au milieu de l'une des plaines les plus fertiles du monde. Je te la décris vite fait, des fois que ton F4 de nabab t'aurait monté à la tête.

Une interminable allée bordée de platanes, avec sur la gauche une pièce d'eau à peine moins vaste que le lac Léman, entourée de saules plus pleureurs qu'un congrès de veuves portugaises. En vous penchant sur la droite, vous verrez la piscine olympique, le pool-bar, le barbecue géant et les trois tennis.

Cette voie royale débouche sur une immense cour carrée encadrée de bâtiments agricoles de briques rouges et blondes impeccablement entretenus. Le centre de l'esplanade est occupé par un élégant pavillon octogonal datant du siècle dernier.

Une pluie glaciale de fin d'automne s'abat sur la contrée lorsque je me pointe. J'aperçois des ouvriers agricoles qui fument pour se réchauffer, alignés à l'abri d'un hangar comme les hirondelles sur un fil lorsqu'elles ont pigé qu'elles ne faisaient plus le printemps.

Je me gare au plus près de la bâtisse centrale, mais le temps de sortir de mon Audi et de me précipiter sous l'auvent, je me retrouve plus mouillé que la babasse de ta femme quand ton meilleur pote vient dîner à la maison. Je presse un bouton qui déclenche une sonnerie dans les tréfonds de la demeure. Un long moment s'écoule et mes fringues ruissellent encore davantage. Puis la porte d'entrée s'ouvre sur une agréable personne vêtue en soubrette de théâtre, robe noire et tablier blanc festonné de dentelle. La fille, plutôt jolie et rousse, a les pommettes empourprées, le souffle court et la mise chiffonnée de celles et de ceux que l'on disturbe à moins de deux minutes trente-cinq d'un orgasme annoncé.

— Bonjour monsieur...

— Je souhaiterais parler à Mme Godemiche.

— Madame ne quitte plus la chambre depuis le drame et ne reçoit personne, déclare la fille visiblement chagrinée de devoir m'éconduire.

— Pourriez-vous néanmoins l'informer que le commissaire San-Antonio désire lui parler ?

— La police ? Mais Madame a répondu à toutes les questions.

— Pas aux miennes ! Votre rousseur a déjà mis le feu à mon âme et à ma braguette, je rajoute, de mon ton le plus cajoleur, alors, soyez gentille, annoncez-moi.

Percutée de plein fouet en ses fondements intimes, elle s'évacue dans les entrailles de la cagna pour réapparaître quelques instants plus tard, la mine conciliatrice.

— Si vous voulez bien me suivre.

La chambre où je pénètre pourrait servir de suite royale à un émir du Pweit-Pweit, tant elle est luxueuse. Un lit à branlequin dans une spacieuse alcôve domine, depuis son estrade, un salon composé de trois canapés de velours frappé disposés en U avec, en lieu et place de la classique table basse, un aquarium où nageotent des poiscailles exotiques.

Sur le divan central, une femme d'une petite quarantaine d'années est allongée, drapée dans un déshabillé de soie qui aurait fait chialer de jalousie Gretta Bardot et Lauren Bancale. Une blonde commac, disait mon vieil Audiard pour décrire les gonzesses dotées de tous les avantages en nature. Telle se présente la maîtresse des lieux. Sans oublier ses immenses yeux verts de panthère dessinée par Walt Disney.

— Mes respects, madame Godemiche.

— Appelez-moi Mathilde, qu'elle rétorque en me tendant sa main à baiser. Mais vous êtes trempé. Suzie ! Prenez la veste du commissaire et mettez-la à sécher. Apportez-lui une serviette chaude pour qu'il s'essuie.

— Madame, je ne voudrais pas abuser, réponds-je-t-il, histoire de rester dans le ton Emmanuelle VI que prend la situation.

Mais déjà la bonniche me recouvre d'un drap de bain douillet et installe ma veste sur un serviteur muet face à un radiateur. Mission accomplie, elle s'évacue.

La maîtresse des lieux croise très haut ses longues jambes, me laissant entrevoir un triangle des bermudas frisotté et soyeux, plus délicat qu'une lingerie fine, fût-elle signée La Perla ou Chantal Thomass[1]. Il serait temps de reprendre la main, non ?

— Madame...

Elle m'interrompt :

— Mathilde. Pour vous, c'est Mathilde !

— Madame Mathilde, coupé-je la poire en deux, vous êtes la belle-mère de Mélanie ?

— En effet, cette pauvre petite n'a jamais connu sa mère. Mais je vous assure que sa mort me bouleverse comme si c'était ma propre fille.

— Je n'en doute pas. Quand êtes-vous devenue veuve de Léonard Godemiche ?

— Il y a trois ans. C'était un homme formidable.

— Je n'en doute pas davantage. Comment est-il mort ?

Je la bigle droit dans les mirettes car c'est toujours un bon test de poser une question dont on connaît la réponse. Elle ne cherche pas de faux-fuyant.

— Un ridicule accident de chasse durant une

1. Publicité d'autant plus gratuite que ces dessous me mettent sens dessus dessous.

battue au sanglier. On n'a jamais identifié l'auteur de la balle perdue.

— La disparition brutale de son père a dû être un coup très dur pour Mélanie ?

Le regard de Mathilde devient vague. J'ai l'impression que quelques larmes sont responsables de ce flou. Son émotion ne semble pas feinte.

— Elle ne s'en est jamais remise. Disons qu'elle a pété les plombs. Ses études ont tourné court, elle a commencé à picoler et à se shooter...

— Son père lui avait laissé beaucoup d'argent ?

— La moitié des revenus de la ferme. Ça suffit pour mener la grande vie.

— Et maintenant ?...

Mathilde décroise à nouveau ses cannes fuselées, me permettant un complément d'information sur son deltaplane à moustaches.

— Maintenant, c'est moi la seule et unique propriétaire, si c'est ce que vous avez derrière la tête.

— Je n'ai rien derrière la tête balbutié-je en avalant ma salive avec difficulté, face à l'émouvant spectacle qui m'est offert.

— En revanche, dans votre pantalon, je vois se dessiner une impressionnante érection, commissaire.

La gode, c'est avec la chiasse et la gerbe les trucs les plus difficiles à contrôler. Mon bénouze ressemble à un chapiteau de cirque au moment où on va dresser le grand mât. Les boutons de ma braguette sont prêts à partir en rafale sous la pression. Pour faire exploser ma libido, la Mathilde écarte largement ses cuisses et s'entreprend d'un doigt mutin.

— Est-ce qu'une bonne pipe vous ferait plaisir, commissaire ?

Tu veux répondre quoi ? « Non merci Madame je suis en service » ? Ou bien : « Pardonnez-moi, mais j'ai jamais trompé ma femme » ? C'est pas le style du mec, t'en conviens ?

— Proposé par une aussi jolie bouche, un tel présent ne se refuse pas, madrigalé-je.

Je suppute alors que la mère Godemiche va quitter son canapé et venir s'agenouiller devant moi. Erreur. Elle tire sur un cordon sans cesser de s'astiquer le molossol et la jolie Suzie réapparaît, toujours aussi guillerette et disponible.

— Madame m'a appelée ?

— Suzie, voudriez-vous traiter M. le commissaire, s'il vous plaît ?

— Certainement, Madame.

La môme m'aère le Nestor avec une virtuosité de prestidigitateuse. J'ai à peine senti ses doigts sur mon grimpant que ses lèvres m'ont englouti jusqu'à la garde. Je ne peux réprimer un gloussement d'extase.

— C'est une suceuse d'exception, ma petite Suzie, n'est-ce pas ? Les Beauceronnes, c'est tout ou rien.

Des turlutes, on m'en a prodigué des milliers. Toi qui fais partie du club San-Antonio, tu serais sûrement capable de les dénombrer au travers de mes bouquins. Mais là, je peux te garantir sur facture que la môme Suzie est la plus sublime de toutes les pompeuses qui ont croisé ma biroute.

Elle fonctionne dans le suave et l'irréel. Comme si un yaourt façon Fjord t'enrobait depuis le gland jusqu'aux roustons pour te malaxer les sens. Un tel labeur mérite récompense et je ne suis pas loin de partir au fade lorsque je remarque un jeune type affublé d'un bonnet multicolore qui mate notre prestation à travers la porte-fenêtre. Le garçon croise mon regard et détale, terrorisé.

Plus de spectateur ? Alors on largue les amarres, Bigard ! Je commence à frémir, à gémir.

— On rapporte, Suzie ! commande Mathilde, on rapporte !

Je décide à l'unanimité de mes voix plus la mienne de lui voter mes subsides en liquide, à la délicieuse bonniche. Ça part comme en quatorze ! La soubrette encaisse mes trois litres douze de spermatos à bretelles sans piper mot. Qu'aussitôt elle se retourne vers sa patronne et lui restitue la mise en une langoureuse pelle, genre pélican lassé d'un long pompage.

— Commissaire, s'exclame Mathilde, votre foutre est délicieux, onctueux et salé à souhait.

— Merci pour cette appréciation gastronomique. Mais pourriez-vous me renseigner sur ce jeune homme coiffé d'un étrange bonnet qui nous observait à la dérobée ?

— Martial ! dit aussitôt Suzie.

— Je ne l'ai jamais vu avec un bonnet, s'étonne Mathilde, interrompant sa gymnastique clitoridienne.

— Depuis deux jours, il ne quitte plus ce galurin ! ajoute la soubrette.

— Qui est Martial ?

— Le fils d'Aimé, le contremaître, répond Suzie.

— Un gentil garçon précise Mathilde, mais un peu juste du cerveau.

Elle s'étire et attire la fille contre elle.

— Bien ! Et si nous reprenions là où nous en étions avant l'arrivée du commissaire, ma chère Suzie ?

La veuve lève les pattes en l'air, prenant chacune de ses cuisses dans ses mains. La petite bonne soumise s'accroupit au centre de cet édifice et entame une magnifique broutaison.

Pour ma part, je me débarbouille l'intime dans l'aquarium, on a de l'hygiène ou on n'en a pas. Les poissons tropicaux s'éparpillent, affolés à la vue de ce qu'ils croient être (modestie à part) un énorme requin.

— Commissaire ! demande soudain Mathilde, si le cœur vous en dit, vous pouvez prendre Suzie en levrette et lui faire le petit borgne, elle adore !

Je remise Coquette dans son fourreau, vais récupérer ma veste et me dirige vers la sortie.

— Ce serait un plaisir, mais avec ces mondanités, je n'ai pas vu le temps passer. Il faut que je me sauve. Ah, dernière question... Avez-vous assisté à la rave-party tragique ?

— Vous plaisantez, commissaire. On a laissé le champ libre. On s'est offert un long week-end aux Seychelles. Suzie en a encore des frissons dans la foufoune. Demandez-lui ?

— Bien. Merci mesdames. Et bon appétit !

*

* *

La pluie a enfin cessé de tomber. Pour regagner ma bagnole, je longe un hangar sous lequel sont entassés des stères et des toises de bois. Un bruit de cognée attire mon attention. Au fond de la loge, je remarque un jeune type qui fend des bûches en déployant une force de Titan. Je m'approche de lui car il porte un bonnet de laine chamarré.

En me voyant radiner, de saisissement le garçon laisse tomber sa hache et prend un air méfiant.

— Salut Martial ! Ça boume, mon gars ? Dis donc, tu es fortiche pour couper du bois.

Amadoué, Martial me concède un sourire partiellement édenté. C'est un ado grand et costaud. Seulement, son Q.I. a dû être repêché avec l'épave du Titanic. Moins douze sur l'échelle de Clystère. Il a un lavement à la place du cerveau. Je lorgne sa coiffe avec attention. A l'observer de près, il s'agit d'un bonnet andin avec une pointe sur le dessus et deux oreillettes sur les côtés. Ce genre de coiffe péruvienne est à la mode chez certains marginaux.

— Il est chouette, ton bonnet.

— C'est à moi !

— Evidemment qu'il est à toi. Tu l'as piqué à qui ?

La frime du gars se fripe comme le cul d'une grand-mère qui se masse à l'extrait de morille.

— Ben... Au Chinois ! Pendant qu'y téléphonait...

— Quel Chinois ?

Gymnastique cérébrale chez mon locuteur.

— Le gars qui s'est disputé avec M'selle Mélanie.

Inutile de te dire que mes oreilles s'évasent en écoutilles.

— C'était quand, ça, mon petit Martial ?

— Ben... Le soir de la danse.

— Tu étais de la fête ?

Le garçon se recroqueville et regarde autour de lui comme s'il craignait quelque représaille. J'insiste.

— A moi, tu peux le dire... Je suis un copain. Tu as dansé ?

Martial éclate d'un rire benêt.

— Eh non ! J'sais pas danser. (Il se rembrunit aussitôt). Mon père y voulait pas que j'alle. Mais je m'ai sauvé par la fenêtre !

— Tu es vraiment un malin, toi. Tu pourrais

me parler un peu du Chinois qui s'est disputé avec Mélanie ? A qui il téléphonait ?

Instantanément, le gamin se bute.

— J'sais pas ! J'le connais pas ! Faut demander à M'sieur Nicolas. Il était là, lui...

— Qui c'est Nicolas ?

Je ne tirerai plus rien de Martial car une ombre vient de se profiler, le pétrifiant sur place.

— Tu as autre chose à faire que bavarder ! gronde l'arrivant. L'hiver approche et le bois, ça n'attend pas.

— Oui, Popa.

Subjugué, le crétin ramasse la hache et reprend sa tâche bûcheronne. Et ran ! Et rrran !

J'attire le père à l'écart.

— C'est vous Aimé, le contremaître ?

Le type me considère avec autant d'aménité que si je venais d'entailler son prépuce et le lardais de piments rouges.

— Et vous, vous êtes qui ?

— Un flic qui veut trouver l'assassin de Mélanie. Ça vous dérange ?

Il me mate et sa moue se meut en mimique molle[1].

— Au contraire. Si je tenais ce fumier, je n'hésiterais pas à lui faire tâter de la hache de mon fils.

— A propos, qui est ce Nicolas dont m'a parlé Martial ?

1. Belle allitération, n'est-ce pas ?

Le contremaître n'est à l'évidence pas une balance car c'est du bout des lèvres qu'il me bave sa réponse.

— Le cousin germain de Mélanie, je suppose. Je ne connais pas d'autre Nicolas.

— Quel genre de type ?

— Un peu distant...

— Il habite ici ?

— Non. Le château de la Vieille-Nave.

— C'est loin ?

— A trois kilomètres, sur la route de Branlay-le-Vicomte.

Je me dis que le commissaire Roykeau aimerait faire analyser le bonnet andin. De cette manière, la casquette de mon Antoine ne serait plus la seule pièce à conviction.

— Dites-moi, Aimé. Si je réquisitionne le bonnet de votre fils, je ne risque pas de me faire fendre la tronche à coups de hache ?

— Essayez toujours.

*

* *

Tu as déjà écrasé un lapin, un chat ou un chien avec ta caisse ? Désagréable, hein ? Alors un cheval, tu imagines ? C'est exactement ce qui est en train de m'arriver. Un grand bourrin jaillit d'un sous-bois et se précipite vers mon Audi au triple galop.

Le grand jars qui le monte ne parvient plus à le maîtriser.

J'accepte beaucoup de la vie et même le pire, sauf qu'on esquinte ma tire. La manœuvre que j'entreprends s'inspire d'Alesi, le plus grand pilote du monde s'il avait un minimum de baraka. Je braque, je georges-Braque, je bric-à-brac, je brique mon braque... Bref, j'évite de justesse le canasson et termine sans trop de dommages sur un terre-plein boueux.

Pour le cavalier, ça se passe moins cool. Le cheval saute le fossé comme s'il s'agissait de la rivière des tribunes, mesdames et messieurs bonsoir ! Manque de timing, le cocher rate le coche et se retrouve les quatre fers en l'air dans la tranchée tandis que son Pégase se fait la belle. Je sors de ma guinde, me précipite à la rescousse du malheureux jockey et l'aide à s'extraire de son bourbier. Il s'agit d'un garçon d'une petite trentaine d'années, bellâtre de Tassigny avant l'heure, et plus coincé que tes burnes dans une tapette à souris. Le distant décrit par Aimé, c'est forcément lui.

— Ça va ? Vous n'êtes pas blessé ?

Tu vas pas croire sa réaction, au Saint-Martin du canal : à peine l'ai-je-t-il sorti de la fange qu'il me brandit sa cravache.

— Bougre de paltoquet ! On n'a pas idée de rouler à des allures pareilles !

— Cinquante à l'heure sur une départementale, je ne vois pas le problème.

— Le problème, c'est que cette route conduit à mon château !

— Comme mon front à tes naseaux !

Tu ne m'en voudras pas de lui flanquer le coup de boule de l'après-guerre et des hémisphères environnants. Le pif éclaté, il retombe les bras en croix dans le fossé.

*

* *

Un médecin harassé sous le poids de l'alcool achève de soigner le nez de Nicolas Godemiche qui patauge toujours dans des limbes comateux.

— Sûr que vous ne voulez pas porter plainte ? bredouille le toubib d'une voix d'outre-biture.

Jacquemart-André Godemiche distribue des biftons au praticien qui les enfouille à la vitesse d'un caméléon gobant des mouches.

— Le boulot c'est bien, toubib, le zèle c'est trop ! Allez, circulez, y a plus rien à soigner !

Le doc titube vers la sortie et le maître de céans, un joyeux colosse, me claque les endosses.

— Venez ! On va s'en jeter quelques-uns, commissaire.

— Je suis navré d'avoir frappé Nicolas.

— Je sais à quel point il peut être agaçant. J'aurais dû le dérouiller moi-même depuis longtemps. Aujourd'hui, on sait élever les veaux, les truffes et les saumons, mais on ne sait plus comment faire avec ses gosses !

Le bonhomme désigne son fils dont le regard affiche un flou peu artistique.

— Voyez. C'est mon héritier. Je devrais en être fier, non ? Eh bien, les mulots qui bouffent mes récoltes me donnent plus de satisfactions que lui. Ces foutus rongeurs, j'ai envie de les combattre et je sais comment ! Lui, je ne peux quand même pas lui filer de la mort-aux-rats !

Tandis qu'il jacte, le type ouvre le battant d'un bar bibliothèque et sert d'autorité deux verres ras bord de cognac VSOP. Il m'en tend un et liquide presque aussi sec le sien.

Je ne te l'ai pas encore décrit, Sir Godemiche, pourtant il en vaut la peine. Taille de basketteur : deux mètres au garrot ; poids en conséquence : quintal allègrement dépassé ; et ce petit plus qui permet à un mec d'entrer dans la catégorie des vrais sympas : regard pétillant, geste affectueux et paroles avenantes.

On trinque et aussitôt une amitié puissante nous unit, avant même la cuite qui d'ordinaire préside à ce genre de passions.

— Et si tu me disais ce que tu fous par ici, mon vieux.

— Je cherche l'assassin de ta nièce, mon cher Jacquemart.

Il se sert une nouvelle rasade de fine Champagne et vient se culter près de moi.

— Mon frère Léonard et moi, on pesait plus de deux mille hectares sur la région. On aurait pu acheter la préfecture, si on avait voulu. Sa femme s'est plantée en bagnole il y a près de vingt ans. Tu me suis ?

— Je te précède ! murmuré-je en sirotant une gorgée de mon délicat breuvage.

— Bien. Mon frangin s'est remarié avec Mathilde. Et là, tout a changé. Cette pute l'a détourné de sa famille, lui a filé des idées de voyages dans la tête. Et pourtant nous, les gars de la terre, on est plutôt du genre casanier. Elle lui a fait apprécier la cuisine chinoise, les massages thaïlandais et tout un tas de conneries exotiques. Bref, Léonard et moi, on ne se voyait plus guère qu'à l'occasion des grandes chasses.

— Et c'est au cours de l'une d'elles que ton frère a trouvé la mort, n'est-ce pas ?

— Un accident ! J'étais à l'affût à moins de deux cents mètres de lui. La balle qui l'a traversé n'a jamais été retrouvée. N'importe qui peut avoir tué mon frère. Sauf moi, parce que je n'ai pas tiré une cartouche ce jour-là. Heureusement. Le doute m'aurait tué à mon tour. Je n'ai plus jamais revu ma belle-sœur depuis.

— Pourtant ton fils Nicolas et Mélanie sont restés liés.

— C'est leur problème.

— De quoi est morte ta femme ?

— D'un crabe mal placé. Il y a sept mois.

Jacquemart-André semble soudain en proie à un terrible abattement. son visage se décompose, ses mains se mettent à trembler et tout son corps est agité de soubresauts convulsifs. Je lui secoue l'épaule.

— Calmez-vous... Calme-toi...

Mes mots ne servent à rien. Le type vibre comme un Concorde en phase de décollage.

Ses yeux chavirent. Je lui balance quelques claques sonores, mais rien n'y fait. Il plonge dans un trip incontrôlable que j'identifie comme une crise d'épilepsie.

— Ne vous affolez pas !

C'est Nicolas, avec son naze bandé qui vient de sortir du coltard. Il s'approche, farfouille dans les poches de son père et en sort une tablette. Il en extrait trois pilules et les enfourne dans la bouche crispée de son vieux.

— Ça va aller. Depuis la mort de ma mère, il a ce genre de crises. Il s'en est toujours sorti indemne.

En effet, l'agitation de Jacquemart s'apaise doucement et une certaine sérénité réintègre son visage. Rassuré, je me tourne vers Nicolas.

— Désolé pour le coup de tête.

— Quel coup de tête ? demande le môme en palpant le pansement qui lui tient lieu de tarbouif.

Inutile d'entrer dans les détails, non ?

— Je t'expliquerai. Mais je voudrais surtout que tu me parles de votre rave-party.

— C'était une idée de Mélanie, se défausse-t-il lâchement.

— Tu y as quand même participé, non ?

— Pour accompagner. Ne pas laisser Mélanie se dépatouiller toute seule.

— Oui, j'ai remarqué, tu es du genre cavalier servant.

J'enchaîne aussitôt :

— Tu l'as déjà baisée, ta cousine ?

Je lui aurais flanqué une douche d'acide sulfurique, il ne gigoterait pas davantage, le Nicolas.

— Qu'est-ce que vous... vous... insinuez ? bredouille-t-il.

— J'ai dit baisée, mais j'aurais pu aussi bien dire niquée, grimpée, enfilée, compostée... On ne va pas passer en revue le dictionnaire du cul ?

— Mais...

— Réponds !

— Je vous interdis de proférer de telles ignominies. En quoi cela vous regarde-t-il, d'abord, vous êtes de la police ?

— Un peu, oui !

Je lui plante ma brème sous le museau.

— Fallait le dire.

— Je le dis.

Nicolas Godemiche a un sursaut de défense.

— Attendez... Pourquoi me persécutez-vous ? Le coupable, vous savez qui c'est ? Un jeune homme qui a signé son crime en abandonnant sa casquette sur place. C'est encore mieux que des aveux, non ? Est-ce que vous l'avez arrêté, au moins ?

C'est à mon tour de ne pas être trop à l'aise dans mes baskets.

— Disons que... oui... il... il est actuellement à la police.

Difficile de lui expliquer qu'il y est en tant que flic et non comme inculpé. Je déclare urgent de changer de sujet.

— Parle-moi d'un Chinois qui participait à votre petite fête.

Sa bouille exprime l'incompréhension d'un sourd-muet écoutant le kamasoutra en braille.

— Un Chinois ? Attendez ! Il y avait plus de deux mille personnes à la soirée, alors forcément d'après les statistiques une sur quatre devait être d'origine asiatique.

— Je ne parle pas de statistique, mais d'un mec coiffé d'un bonnet péruvien, ça ne te dit rien ?

Là, le play-boy de la céréale percute.

— Oui ! Un Sud-américain... type Inca, avec les cheveux huileux et une longue cicatrice sur la joue gauche. Je vois de qui vous parlez.

— Quel âge ?

— Une bonne trentaine.

— Tu le connaissais ?

— Première fois que je le voyais.

— Il paraît qu'il s'est disputé avec ta cousine.

— Tout le monde se querellait avec elle.

— Tout le monde, je m'en tape, c'est ce gus qui m'intéresse.

— Ne vous fâchez pas, j'essaie de me souvenir. Non ! Je ne l'ai pas vu se disputer avec Mélanie. Pour moi c'était un participant comme les autres... A moins que...

Je n'ose proférer une parole, par crainte de troubler la mécanique qui se déroule sous sa coiffe.

— Pablo ! lance-t-il soudain ? Ou Paco ! c'est sûrement lui.

— Lui qui ?

— Un Péruvien. Un ami dont Mélanie m'avait parlé.

— Tu vois, quand tu veux.

Notre attention est attirée par son dabe qui vient d'émerger à son tour, subitement frais et dispos comme si rien ne s'était passé.

— Ça va mieux, Jacquemart ? lui demandé-je.

— Impeccable. Tiens, je vois que mon fils a récupéré. Ça s'arrose !

Il attrape sa boutanche de Cognac et distribue de larges rasades.

— Ce que je voulais te dire, San-A, c'est que ma belle-sœur Mathilde a sûrement fait tuer Mélanie. Ainsi, elle gère toute la fortune de mon frère !

— Papa ! comment peux-tu proférer des horreurs pareilles ? s'insurge Nicolas.

Le môme se détourne, écœuré. Je récupère son attention d'un claquement de doigts.

— Le Péruvien, il paraît qu'il a téléphoné de chez ta cousine, le soir du crime.

— C'est possible... élude le jeune type, l'air aussi franc qu'un candidat à la présidentielle lorsqu'il promet de supprimer les impôts, la pollution, l'insécurité, la guerre et la maladie sitôt qu'il sera élu.

— Réfléchis ! Tu as même assisté à ce coup de fil. C'est Martial qui le dit, et un garçon comme Martial, ça n'invente pas.

Le visage de Nicolas est soudainement éclairé par la révélation. Il se met à ressembler à une enluminure représentant Saint Thomas frappé par la foi.

— Exact. Il téléphonait depuis le poste de la cuisine. Je lui ai dit de ne pas se gêner. Il m'a fait comprendre que son portable était déchargé. J'ai laissé faire, d'autant que ce moricaud n'avait pas l'air commode.

— Tu as entendu ce qu'il disait ?

— Trois mots...

— En quelle langue ? Espagnol, je présume.

Nicolas esquisse une grimace.

— Non ! En italien, plutôt. Il a fini par « ciao » !

— *Ciao*, c'est international.

— Oui, seulement il a prononcé deux fois le mot « terminato ». J'ai fait de l'espagnol et en espagnol, on dit...

— ... *Terminado* avec un « d » ! Bien analysé.

Pourrais-tu me dire vers quelle heure ton Pablo ou Paco a passé ce coup de fil ?

Nicolas ne prend pas le temps de réfléchir.

— En début de soirée. Il n'y avait encore presque personne. Il devait être dix heures trente ou onze heures du soir, pas plus. Après, je n'ai plus revu le Péruvien de toute la nuit.

Qu'est-ce que t'en penses, Hortense, on avance ?

— Vous avez un fax, ici ?

— Bien sûr, répond Jacquemart-André en me désignant l'engin posé sur un bureau à cylindre. Et ça s'arrose ! ajoute-t-il en brandissant sa boutanche.

Trois minutes plus tard, France-Télécom m'adresse la liste détaillée des appels effectués depuis le Pinson-Tournan la nuit du meurtre. Nicolas et son père m'aident à éliminer un certain nombre de numéros bien connus d'eux. Ne reste bientôt qu'un numéro anonyme passé à 22 h 41. Je sens que je brûle, Ursule : ce numéro commence par 00 39. Or 39, c'est l'indicatif de l'Italie.

*

* *

Lorsque j'arrive à mon bureau, Antoine m'accueille comme l'avenue de Messine. Je te parie le pucelage de ta petite nièce contre ton dernier ticket de Bingo dûment oblitéré qu'il n'a pas déhotté de la Maison Parapluie depuis notre algarade de la veille. Il a les yeux cernés comme un jeune beur par des C.R.S. le jour où il apporte une bouteille de gaz à sa vieille môman.

— Alors ?

La question, pour concise qu'elle soit, résume à merveille sa pensée.

— Tu me confirmes ne pas avoir tué Mélanie ?

— Toujours, votre Honneur.

— Ça tombe bien, parce que je suis sur la piste d'un type qui se serait disputé avec la victime en début de soirée. Un Péruvien, avec une cicatrice sur la joue gauche, ça te rappelle quelque chose ?

Tu vas voir que mon lardon n'a pas du jus de chaussette à la place des neurones.

— Je n'ai remarqué aucun mec balafré, papa. Mais je me souviens d'un gugusse qui portait un bonnet andin.

— Un demi-crétin ?

— Je dirais même un trois-quarts.

La description est fidèle, il s'agit de Martial, le fils du contremaître. Antoine confirme le témoignage de Nicolas. Après son coup de fil de 22 h 41, le Péruvien (Paco ou Pablo) ne s'est plus manifesté, n'a plus été aperçu et son couvre-chef se baladait sur la tronche amoindrie du roi de la cognée. Question : le Sud-Américain est-il reparti et dans ce cas pourquoi était-il venu dans ce coin paumé de la Beauce sans même participer à la rave-party ? Ou bien est-il resté planqué en attendant le moment propice pour assassiner la fille ?

Ce ne serait pas bête d'aller directement le lui demander, non ? Je refile le numéro de tubophone italien à Antoine et en moins de dix secondes l'ordinateur nous crache l'adresse du correspondant. Il s'agit d'un café-restaurant : Le *Chalet Pantarolli*, via Flaminia, à Rome.

*

* *

Renseignements pris, Béru est en congé de maladie suite à une grippe intestinale, Jérémie Blanc en vacances avec toute sa smala en Sénégal profond. Quant à Mathias, il se morfond au chevet de sa bergère qui parture de son x-ième rouquemoute, celui qui serait de moi selon les dires de la dame, bien que le capuchon de ma queue n'ait pas frôlé ses petites lèvres depuis bientôt quatre ans. Les femmes sont prétentieuses, n'est-il pas ?

Je décide donc de partir tout seul pour la Ville éternelle, plongeant mon Toinet dans un abîme de désespoir, frétillant qu'il était de m'accompagner.

Même si tu me prends pour un fumaga et que tu ne partages pas ma façon d'éduquer mon mouflet, reconnais que ce ne serait pas sain de l'embarquer dans cette enquête dont il est le principal suspect ? T'es pas d'accord ? Et bien va te faire dorer l'œil de bronze.

Chapitre Troie

(influencé par mon arrivée
dans la Rome antique)

Un taxi me dépose devant l'hôtel Ingrid après m'avoir arnaqué de vingt mille lires, ce qui n'est finalement pas grave, vu que la différence entre une lire et un franc, c'est un franc.

Limoncello ? Tu connais le *limoncello* ? C'est une liqueur suave, merveilleusement citronnée, qu'on élabore du côté d'Amalfi, et uniquement là, à l'ombre du Vésuve et face à l'île de Capri. Le Vésuve, ça te dit quèque chose dans ta p'tite tête de blaireau ? Pompéi, la ville morte sous les cendres de cet impitoyable volcan. Deux mille ans de plâtritude et d'oubli. Et Capri ? La branlette infinie...

J'avale d'une seule gorgée ce nectar de citron et brandis mon verre en direction du patron. Dans toutes les langues, même en rital, ce geste signifie :

la même chose ! Et en effet, le zigue se ramène avec un nouveau *limoncello* embué à souhait.

Le *Chalet Pantarolli* est une espèce de guinguette plantée sur une esplanade ombragée, courant sur plusieurs centaines de mètres le long de la via Flaminia, depuis la viale Tiziano jusqu'à la Piazza del Popolo qui marque le début de la Rome antique. Une tonnelle couverte de glycine, quelques tables bancales nappées de toile cirée à carreaux bleu et blanc, un patron à la barbe fleurie virevoltant avec son plateau à la main, un mot d'accueil à la bouche pour chacun.

Un tramway désuet et ferraillant passe devant la terrasse du *Chalet*. J'adore ces pays où tu peux prendre un pot dehors, le soir, même au mois de novembre. Tu ne quittes pas ton Damart, mais ça change de nos frimas.

Peu de clients pour l'instant car il n'est que huit plombes et les Romains vivent tard. Moins que les Espingos, champions du monde en la matière, mais nettement plus que les habitants de Saint-Cucufa-les-Olivettes et que les Parisiens. Je ne sais pas si tu as remarqué, mais notre capitale, passé dix heures du soir, ressemble à une sous-préfecture de la Meurthe-et-Durance. Les cinés et les restaus se vident, les bistrots empilent les chaises sur les tables et les chauffeurs de bus enfilent leur gilet pare-balles. A Pantruche, la nuit est livrée aux truands, aux poivrots, aux tapins et aux marginaux de tout poil. Alors que dans les pays de soleil, la noye appartient aux familles. A Séville ou à Rome, il est normal d'emmener son marmot au restaurant sur les couilles de minuit.

La clientèle du *Chalet Pantarolli* se compose pour l'heure d'un couple d'amoureux qui se gruge la menteuse en se louchant de bonheur dans la prunelle. A l'autre bout de la tonnelle, deux vieux Ritaux se torchonnent au vin blanc tiède en picorant des trucs fameux pour leur cholestérol, genre frites spongieuses et omelette aux lardons. L'un, gros, avec une moustache si noire qu'on la croirait passée au cirage, l'autre, maigre, voûté, doté d'un pif en bec de vautour. Les Laurello et Arditti du quartier.

A une autre table, quatre jeunes mulâtres jouent aux dominos en faisant claquer fort leurs pions sur la table et vibrer les innombrables cannettes de bière qui l'encombrent. Tiens, une question que je serais heureux de te poser. Pour toi, un mec moitié blanc, *half black*, c'est un Noir avec du sang blanc ou un Blanc avec du sang noir ?

Je hèle le taulier pour commander mon troisième *limoncello*. Il se préblaze Gabriele, c'est brodé sur une espèce de calot rouge sang qui lui coiffe le dôme. Bonnet militaire que les Ritals devaient porter pour débarquer en Abyssinie pensant effrayer l'autochtone. Décidément, cette affaire est placée sous le signe du couvre-chef : cet étrange calot, la fatidique casquette d'Antoine oubliée sur les lieux du crime et le bonnet andin de l'énigmatique Pablo (ou Paco).

Je suis sur le point d'interroger le patron du troquet à propos du Balafré lorsqu'une joyeuse troupe débarque dans l'estanco. Une douzaine de jeunots déboulant sur des scooters, moyen de locomotion favori des Romains depuis la *Dolce Vita.*

Je rengaine mon compliment car les arrivants sont tous des Sud-Américains. Je commande un melon au jambon à la place du *limoncello* prévu. Le moment n'est plus aux libations. J'observe l'armada qui s'égaille sous la tonnelle, rassemble trois tables et s'installe en braillant. Manifestement des habitués. Quatre femmes, trois enfants et six mecs, mais aucun des mâles ne porte de cicatrice sur la joue gauche. Ça jacasse moitié en italien, moitié en espagnol. Très vite la bière coule à flots. Les instruments de musique se mettent en batterie. Un bandonéon, l'inévitable guitare et une flûte andine, cet instrument asthmatique qui se joue en soufflant dans le tibia, le péroné, le radius et le cubitus de ta grand-mère. Il s'en échappe des sonorités déchirantes à faire cracher un lama et fienter un condor. Ajoute à cela des voix rauques, nasillardes : un véritable concert. Je me laisse porter par la musique ambiante. J'oublie que le melon affiche un goût de courge et que le jambon n'a jamais connu Parme ni même sa proche banlieue.

Aucun de ces Latinos n'a daigné remarquer ma présence. Sauf une fille ravissante aux traits fins, pommettes saillantes, coiffure de jais et œil bridé de même pierre, qui bat des mains et ponctue le rythme avec ses jambes dorées, m'autorisant une vue intermittente sur un triangle d'un blanc immaculé. Elle m'envoie des coups de sabord discrets derrière ses cils interminables.

Comment t'expliquer, à toi qui pâlis devant ta chef de service et débandes de trouille quand tu croises ta voisine de palier dans l'ascenseur ? Mais je sais que cette frangine est en train de mobiliser toute sa folliculine rien que pour ma pomme. Je déchante pourtant lorsque l'un des marmots, un garçonnet de trois ans, vient s'installer sur ses genoux, me privant des avantages visuels sucementionnés. L'ambiance s'échauffe rapidement. Les chants deviennent de plus en plus rythmés. Une fille svelte comme un pot de saindoux grimpe sur une table et danse en soulevant sa jupaille d'un seul côté, dévoilant un cuissot plissé mais ferme, façon jambon de Bayonne.

Ballotté par l'atmosphère de ce lieu imprévisible, j'en oublie presque la raison de ce voyage à Rome, le meurtre sordide de Mélanie Godemiche, la situation catastrophique de mon Antoine et même la piste du Péruvien balafré.

Figure-toi que justement, comme dans une pièce pour théâtre de patronage, à peine ai-je évoqué ce type qu'il surgit de l'ombre, débarquant à l'arrière du bistrot côté jardin public. La cicatrice très profonde de sa joue gauche lui confère à la fois un certain charme et une allure terrifiante, idem mon vieux Robert dans la Marquise des Anges.

— *Salve*, Paco ! lui lance le taulier.

Le type rejoint le groupe de ses amis et va s'asseoir près de la fille qui me faisait de l'œil avec son slip. Il prend le gamin sur ses genoux et l'embrasse sur le front. La gonzesse en profite pour me rappeler que sa culotte est toujours là, un petit peu plus humide. Est-ce la femme du Balafré ? Probable. Et le gosse leur fils ?

J'observe Paco à la dérobée. Crois-moi qu'il n'a pas mis longtemps à me repérer, lui. J'ignore encore quelle est son existence, mais il a le comportement d'un fauve soucieux de dépister ses proies et de se gaffer des prédateurs. Et moi, étranger dans son univers familier, baraqué et seulâbre, je fais tache. Les remugles flicards puent vite au naze des loustics de son espèce.

Il dépose le gamin à terre en lui recommandant d'aller jouer. Il se penche vers la femme et lui chuchote un truc à l'oreille. Pas besoin d'avoir fait trois ans de psycho pour deviner qu'il est question de moi. D'ailleurs la môme ne peut s'empêcher d'un bref regard dans ma direction. Elle hausse les épaules et allume une cigarette. Paco se décontracte un brin mais pas suffisamment pour se mettre à l'unisson de ses compatriotes qui frappent « la palma » en chantant à tue-tête.

En pareille situation, n'importe quel flic te le dira, il n'y a que deux solutions. Soit je bigophone demain au commissaire Roykeau pour qu'il réclame au juge d'instruction une commission rogatoire priant mes collègues italiens d'interpeller Paco, soit je me démerde tout seul. Tu connais mon aversion pour la paperasse. C'est donc la seconde méthode que je choisis. Seulement il s'agit de ne pas moisir dans le secteur et de me faire oublier au plus vite du Balafré. Je cigle mon orgie, demande à Gabriele de me remémorer le chemin de l'hôtel, me lève sans jeter un œil du côté du Péruvien.

Qu'à ce moment le destin, ce mariolle avec lequel je flirte depuis si longtemps, chamboule mes projets. Vu que tu as un vol-au-vent à la place du cervelet, je te rappelle qu'une ligne de tram longe le *Chalet Pantarolli*. La voie est bordée de part et d'autre d'une barrière métallique noyée dans une haie de lauriers taillée à un mètre de hauteur. Devant la terrasse du troquet, la haie est échancrée pour permettre la traversée de la voie, aux risques et périls de l'usager.

Un hurlement terrible me fait sursauter. C'est la gonzesse du Balafré qui le pousse.

— Diego !

En un milliardième de seconde j'avise la situasse. Le gamin a échappé à la vigilance de ses parents et se balade au milieu de la voie en faisant « tchouc-tchouc-tchouc » tandis que l'un des derniers trams de la soirée rapplique à grande vitesse dans son dos. Un auteur plus talentueux que moi n'hésiterait pas à écrire : « mon sang se glace et n'écoutant que mon courage je prends mes jambes à mon cou. » Seulement chaque fois que j'ai pris mes jambes à mon cou je me suis cassé la gueule, ça ne t'étonnera pas, quand j'ai voulu écouter mon courage je n'ai entendu que les battements de mon cœur et la seule fois où mon sang s'est glacé, je suis mort.

Comme c'est moi le plus près de l'enfant, je fonce sans me poser de questions. L'état des lieux n'est pas brillant. Le tramway (que je ne nommerai pas Désir) est déjà sur nous, prêt à nous happer. Le conducteur vient d'actionner le frein. Mais ce genre de vieilles locos lancées à bloc demandent plus de cent mètres pour s'arrêter.

Ma première idée était d'attraper le marmot et de sauter la haie avec lui. Trop tard ! Je ne perds pas de temps à suer, à puter ni à supputer : je plaque le môme au sol, bien au centre de la voie et m'allonge sur lui, l'aplatissant de tout mon poids.

Le mastodonte nous passe dessus dans un crissement d'enfer. Ses roues bloquées lancent des étincelles et des flammèches. Le bas de caisse du tram me frictionne les endosses, engendrant une vive brûlure. J'ai bien fait de ne pas toucher à mon plateau repas dans l'avion, un gramme de plus et je finissais tartare sur le pavé de la Bella Roma.

Lorsque l'engin finit par s'arrêter à quelque distance devant nous, je mets un certain temps à redresser la tête. Notre survie tient du miracle. Ma première pensée est pour l'enfant. Mes quatre-vingts kilos de muscle ne l'ont-ils pas molesté ? Je me laisse rouler sur le côté pour lui permettre de se dégager. Il se redresse d'un bond, hilare, trouvant le jeu des plus rigolos. Je me mets à genoux et le serre contre mon cœur.

— On s'en est sortis, bonhomme !

— *Otra vez ! Otra vez !* (encore, encore) qu'il réclame.

La jolie fille se précipite, le visage défait. Elle s'empare du gamin et l'entraîne en le couvrant de baisers. Une main se tend pour m'aider à me relever. Tu as deviné ? Celle du Balafré. C'est pas de jeu, tu connais les plus émouvantes séquences de Sergio Leone !

— Vous avez sauvé mon fils, fait sobrement Paco, en italien. Je vous en serai toujours redevable.

— Vous auriez fait pareil avec ma petite fille, m'entends-je-t-il répliquer, humide comme une serpillière d'hospice de vieux. Elle a presque le même âge que votre Diego.

— Vous êtes français ? demande-t-il en me pétrissant la main de reconnaissance.

L'émotion ne doit pas empêcher un individu de ma trempe de garder la tête froide.

— Belge ! rectifié-je. Je travaille pour une grande marque de bière.

Toute la troupe m'entoure, me palpe, me félicite, me gratule. Sauf deux jeunots qui traitent le conducteur du tram d'enculé, en *quechua*, ce qui ne tire pas trop à conséquence.

On se retrouve bientôt sous la tonnelle devant un amas de boissons et de victuailles. Les instruments reprennent du service et les chants en mon honneur se succèdent.

Paco se retire le premier. Il doit aller coucher Diego et retrouver sa femme qui attend un bébé pour dans quinze jours. Il me réitère sa gratitude. Je vois malgré tout briller dans son œil une flamme cruelle qui me fait froid aux miches.

Après son départ, je me consacre à la jolie fille en culotte blanche. Elle se prénomme Carmela. Elle est en fait la sœur de Paco et ne semble maquée avec aucun des lascars ici présents. Elle me raconte brièvement sa vie. Débarquée du Pérou avec une partie de sa famille dans la Ville éternelle, elle a trouvé un job à l'ATAC, la société des transports romains. Son travail, c'est de nettoyer les bus et les trams qui partent de la piazza Mancini, au nord de la ville et se dispersent un peu partout dans la cité.

La nuit s'avançant, la jeune femme se propose de me raccompagner à mon hôtel sur son scooter, un Piaggio plus délabré qu'un couscoussier de Touareg en exil. Je monte derrière elle, accroche ma main gauche à son nichon et assure ma main droite sur le haut de sa cuisse, tandis que mon ami Popaul lui interprète « Un jeune tambour rapatapla » sur les miches. Elle pilote sa Vespa avec dextérité et emprunte la via Fracassini. Contrairement à ce que je pensais, Carmela ne ralentit pas devant l'hôtel Ingrid. Au contraire, elle accélère et s'engage sur le Lungotevere Flaminio en direction du Stadio Olimpico.

— On a dépassé mon *albergo* ! lui fais-je-t-il remarquer.

— *Yo sé* ! répond la fille. On va chez moi, je ne fréquente pas les hôtels.

— Pourquoi ? Tes papiers ne sont pas en règle ?

— Si. Mais ils vont me prendre pour une pute.

Muy bien. Manière d'occuper le trajet, j'attaque la pointe de son sein à travers la fragile étoffe de son t-shirt, lui imprimant un délicat mouvement comme si mes doigts cherchaient radio-Londres sur un poste à galène. Dans le même temps, mon médius contourne l'élastique de son slip et s'infiltre en des tiédeurs foisonnantes. Deux minutes plus tard, Carmela couine en se dandinant sur sa selle et son orgasme manque de nous envoyer sur le parapet bordant le Tibre. La môme se ressaisit, évite une Fiat Uno et bifurque sur la droite.

La sœur de Paco habite au cœur du village olympique constitué d'immenses bâtisses en voie de clochardisation, perdues dans une espèce de terrain vague qu'un promoteur peu scrupuleux nommerait jardin à la française. Ces immeubles destinés à héberger les athlètes des Jeux de Rome devaient tout juste être salubres en 1960 lors de leur construction. Aujourd'hui, un tsigane bulgare ayant vécu en Roumanie sous Ceausescu les estimerait indignes d'y loger sa belle-mère.

Carmela juche sa bécane sur son cale-pied et me fait signe de la suivre. Comme nous allons pénétrer sous le porche sulfureux du bâtiment H2SO3, je remarque sur le parking la lueur d'un plafonnier s'éclairant brièvement, cela signifie qu'un individu vient de sortir d'un véhicule en stationnement.

Nous escaladons les trois étages, pisseux et couverts de tags. Carmela me rend la monnaie de ma branlette en m'astiquant le zouave pontifical à travers mon bénouze. Qu'à peine arrivés dans son minable deux-pièces, je l'embroque tout debout. Elle se contente de lever très haut l'une de ses cannes, comme les grues cendrées des documentaires de la Cinq certains dimanches après-midi. La mignonne s'enquille presque aussitôt un nouveau panard et nous basculons sur son paddock pour la suite du rodéo.

Cette fois, je lui sors le grand jeu, à la petite Péruvienne. Je lui interprète : le con d'or pas sage ! Nuit chauve sur l'Aconcagua ! Le Machu Picchu en folie ! Le grand Lama baveur ! Les vigognes sont de retour ! Lime à Lima ! Inca de bonheur ! Guano sur Callao ! Sans oublier bien sûr Titicaca et Gros Minet ! Elle ne savait pas que ça existait des figures pareilles au niveau de la mer, ma Carmela. Sur les hauts-plateaux, on se contente de bouillaver à la respire-petit, vite fait sur La Paz.

On demeure un bon moment à reprendre notre

souffle, la viande moite. La première, Carmela parvient à se lever. Un besoin de lave-pont très légitime.

Comme c'est une fille de devoir, elle ramasse ma veste délabrée par le tram et m'assure qu'elle va la nettoyer. Inutile de lui couper le zèle, mais je sais que mon costard est bon pour la décharge.

Profitant de son absence, je me dis qu'il serait temps de reprendre le fil de mon enquête et d'en apprendre davantage sur la sœur de Paco. Je trottine jusqu'à son sac posé sur la commode et déniche son passeport, une paperasse graisseuse de fille ayant beaucoup voyagé sans jamais descendre au Sofitel ni au Hilton. J'apprends qu'elle se nomme Carmela Rodriguez, exerce la profession de danseuse et qu'elle est née à Medellin, en Colombie. Pourquoi cette famille se fait-elle passer pour péruvienne ? A cause de la réputation de trafiquants de drogue qui colle à la peau des Colombiens ? Vois-tu une autre explication, toi qui es si balèze du cerveau ?

Je remise le passeport dans le sac et alors, figure-toi qu'il se passe un truc marrant. Grâce à un jeu de glaces et à une porte mal fermée, j'entrevois Miss Colombie dans son cabinet de toilette. Elle s'occupe en effet de ma veste, mais en la fouillant. Elle a dégagé mon porte-lasagne de la poche intérieure et en opère l'inventaire. Je suppose que la môme va me sucrer mes talbins. Un classique du genre. Eh bien, non ! Elle aussi, ce sont mes fafs qui l'intéressent. Et plus particulièrement ma brème de flic.

Je n'ai pas le temps de m'accorder d'autres réflexions. Un craquement du côté de l'entrée me fait tourner la tête. Juste ce qu'il faut pour déguster un magistral coup de matraque sur le temporal. J'ai l'impression d'avoir percuté un TGV lancé à 300 à l'heure. Mes jambes se dérobent sous mes roustons et le disque dur de mon ordinateur intime s'efface.

*

* *

Lorsque je reconnecte à l'existence, il fait jour et je ne me trouve plus dans l'apparte merdique de Carmela. Je palpe ma calebombe pour m'assurer de la qualité de l'aubergine que je cultive sur la tempe gauche. Ce geste prouve ma liberté de mouvements. Je ne suis pas attaché. Je cligne des yeux pour accoutumer ma rétine au rayon de lumière qui la frappe de plein fouet.

Cette éclaboussure de soleil provient d'un minuscule soupirail. Je suis allongé sur un bat-flanc dans une cave de deux mètres sur deux. Je me jette sur mes pattes et lorgne par la petite imposte. Mon caveau est situé en contrebas d'un jardin fleuri et bien entretenu. Une petite allée cimentée passe tout près de mon fenestron. J'aperçois Diego, le mouflet d'hier soir, pédalant comme un fou sur un tricycle, suivi par une jeune femme enceinte jusqu'aux ouïes. Les choses se remettent en place sous ma coiffe. Cette future accouchée au teint basané, c'est la mère du gamin et la femme de Paco-le-Balafré. Conclusion : c'est lui qui m'a fait exploser les méninges cette nuit et me retient prisonnier ce matin. J'étais chasseur, je suis devenu gibier en cage. Pas fameux pour l'ego et encore moins pour l'espérance de vie.

J'effectue quelques mouvements gymniques histoire de me décrasser les articulations. Je poireaute une paire d'heures avant que la porte de ma geôle daigne s'ouvrir. Paco s'encadre dans le chambranle, un large sourire aux lèvres. Il ne brandit aucune arme et la première idée qui me vient, c'est de lui rentrer dans le chou sans amorcer le moindre dialogue. Seulement, sa tranquillité ne m'incite guère à l'exploit. Il a forcément blindé ses arrières pour venir me narguer à main nue.

— *Ola !* lance-t-il, guilleret comme s'il venait me chercher pour une partie de golf.

— *Salve*, Paco.

— Pas trop mal au crâne ?

— Juste ce qu'il faut. Le coup était bien dosé.

— Parfait. Mais avant tout, je tenais à vous rendre ça...

Il dégage brusquement de sa poche mon arme de service dont il plaque le canon contre mon front. Je ne te vendrai pas de salade : j'en mène moins large que le delta du Nil. A vrai dire, mon troufignon serait capable de serrer un cil de libellule et d'empêcher le pack des All Black de me l'arracher. J'ai vraiment le sentiment que le Balafré va me composter sans autre forme de procès. Son doigt se contracte sur la détente. Clic ! Ce petit bruit métallique résonne dans mon âme comme un chant grégorien.

Paco me rend mon pistolet en se marrant.

— Tenez, commissaire. Evidemment, je l'ai vidé de ses balles.

— Bonne initiative, soupiré-je en empochant l'arme.

— Il était normal que je vous restitue votre pistolet car vous l'avez perdu en sauvant mon fils. Je l'ai ramassé sur la voie du tram.

— Je comprends. Intrigué par ce flingue, vous avez demandé à votre sœur Carmela de me piéger.

— Je ne pouvais pas agir autrement.

— Elle s'est parfaitement acquittée de son travail de pute.

Paco m'adresse un sourire glacial.

— Ma sœur a agi sur mon ordre. Tout le monde m'obéit dans la famille. Carmela m'a affirmé n'avoir jamais éprouvé autant de plaisir, commissaire, si ça peut vous consoler.

— Me consoler de quoi ? Du fait que vous allez me buter ?

Paco pousse un interminable soupir.

— C'était la solution logique. Seulement vous avez sauvé Diego et le code d'honneur m'empêche de vous tuer. J'en ai pourtant eu la tentation, vous savez que les hommes cèdent facilement à la facilité. Mais ma femme s'y est violemment opposée. Et vous savez également que les mêmes hommes se soumettent encore plus vite à la volonté de leur épouse.

— Ça signifie que... je suis libre ? questionné-je, sans grande conviction.

— Absolument. Vous allez rentrer en France et poursuivre votre enquête sur l'assassinat de Mélanie Godemiche.

— Vous êtes bien informé ! admiré-je.

— C'est vital, dans mon métier.

On reste quelques instants à se regarder dans le blanc des yeux.

— Ici, vous faites fausse route, commissaire. Je ne suis pour rien dans le meurtre de cette fille, parole d'homme.

— Alors que faisiez-vous en Beauce, si loin de Rome, ce soir-là ?

Il n'hésite pas une seconde à me répondre :

— Mon travail.

— Le deal de coke ?

— Le deal ? Vous m'insultez ! Croyez-vous qu'un simple dealer pourrait s'offrir une baraque avec piscine en bordure de la Villa Glori, l'un des endroits les plus chers de Rome ? Et qu'il irait livrer quelques doses à Chartres ?

— Pardonnez-moi de vous avoir offensé, mon père ! le chambré-je. Mais vous étiez bien à Chartres le soir du meurtre et vous vous êtes disputé avec la victime !

Paco caresse aimablement sa cicatrice.

— Nous avons eu en effet un petit différend. L'opération se chiffrait à trois millions et il manquait cinq cent mille. Pas de lires, bien sûr, mais de francs.

— Et comme Mélanie n'a pas pu payer, vous l'avez butée à titre de représailles.

Paco ne peut réprimer un geste d'agacement.

— Son cousin a réglé le solde.

— Son cousin Nicolas ?

— Un grand prétentieux !

— Tout à fait lui. Vous feriez un excellent portraitiste...

— Il a payé cash.

Dans ma Ford intérieure, je me dis que ce trouduc m'a mené en bateau comme un bleu avec ses airs de ne pas y toucher. Je ne regrette pas de lui avoir démanché les narines.

— Vous êtes alors retourné en Italie ?

— A minuit, je franchissais le péage de St-Arnoult et au petit matin, à l'heure du crime, j'arrivais dans la banlieue de Pise. Vous m'excuserez de ne pas vous fournir de preuve, commissaire, mais je ne tiens pas une comptabilité détaillée de mes déplacements.

— A qui avez-vous téléphoné ce soir-là, au *Chalet Pantarolli ?*

— J'appelais un de mes collaborateurs pour lui

indiquer que l'affaire était terminée. C'est ce coup de fil qui m'a fait tomber ?

— Ça, et la perte de votre bonnet.

— Je l'ai offert à un petit gars débile qui avait flashé dessus. La générosité ne me réussit pas !

Le Balafré me fait signe de sortir de ma cage. Nous nous engageons le long d'un souterrain faiblement éclairé.

— Allez-y ! Vous êtes libre. Je sais que vous ne me trahirez pas, commissaire. J'ai tout prévu... Voyez vous-même.

Il me désigne une porte plus fortement grillagée qu'une cellule de Cayenne. A travers les barreaux, je distingue une forme allongée sur un bat-flanc identique au mien. Paco actionne un commutateur électrique, la pièce s'illumine me permettant d'identifier le prisonnier. Et là, je te jure que ma comprenette vacille. Le type en question n'est autre que mon fils.

*

* *

— Antoine ! hurlé-je, Antoine réponds-moi !

Mais il ne bronche pas. Je me retourne vers Paco, bien décidé à lui défoncer le portrait. Il apaise mes ardeurs en me pointant un gros calibre sur le cœur.

— On se calme, commissaire.

— Comment mon fils se trouve-t-il ici ?

— Vous le lui demanderez en temps utile... si un jour vous vous revoyez.

Paco m'empoigne par le bras, me fait grimper un escalier en colis-de-maçon, comme dit Béru qui me manque tant en cet instant d'horreur totale.

On se retrouve dans le jardin, près de la grille d'entrée.

— Votre fils n'est pas mort. Juste endormi. Mais que les choses soient bien claires : je n'ai aucune dette envers lui et le tuer ne me posera aucun cas de conscience. Alors vous allez quitter immédiatement l'Italie. Dans quelques jours, je le libérerai et nous serons quittes. C'est le mieux que je puisse vous proposer, d'accord ?

— Est-ce que j'ai le choix ?

Paco écarte le portail pour ma levée d'écrou. Le petit Diego m'aperçoit de son tricyle et se précipite vers moi en braillant « *otra vez ! otra vez !* Il se jette dans mes bras et nous nous étreignons sous le regard attendri de sa mère.

Agacé, Paco m'arrache le gamin des bras et me pousse vers la sortie.

— N'oubliez pas, commissaire : la vie de votre fils est en jeu. Si la malencontreuse idée vous venait d'alerter les flics locaux, j'en serais aussitôt informé, ils me mangent tous dans la main.

Chapitre Cat

(because un chat va jouer un rôle primordial dans les pages à venir).

Je me précipite dans le premier troquet venu et commande un Limoncello.

Une brunette qui cultive le cresson noir sous les bras me signifie que la turne n'a pas la licence d'alcool, force m'est de me rabattre sur un cappuccino.

Je n'arrive pas à rassembler mes idées, comme si un petit malin avait joué au mikado avec mes neurones. Le raisin palpite dans mes tempes et mon guignol breloque sous les poils agréablement frisés de mon poitrail.

Des pensées, des impressions, des sensations se bousculent au portillon de mon esprit. Comment Antoine s'est-il retrouvé dans les pattes du Balafré ? A-t-il une chance de s'en sortir ? Et puis surtout... Qu'est-ce que je peux faire, gros con comme devant que je suis ?

Je m'évertue à placer le quarté-quinté-plus de mes idées dans l'ordre. Le premier truc à évacuer, c'est l'espoir d'une intervention des poulardins du cru. Même en passant par le maire de la ville ou le président de la République, immanquablement l'un des matuches vendus serait au parfum et alerterait le Colombien. Je te jure que ce mec liquiderait mon fils en toute priorité. Il a mal digéré de ne pas m'exécuter et il y a gros à parier que, sans sa bergère, je serais déjà quelque part sous un massif de borniolas à feuilles caduques.

Quelle solution me reste-t-il ? Lui faire confiance, rentrer en France et attendre un bon geste de sa part ? Je ne crois pas un instant qu'un leader dealer comme Paco puisse se permettre de libérer Junior. Ça finira forcément par une balle dans la tronche. Moralité ? Je dois agir tout de suite et seul. Oui, mais comment ?

Je glisse machinalement la main dans ma poche et frôle le métal glacé de mon calibre. D'habitude, ce genre de contact me redonne du baume au cœur, mais là je sais que le malheureux est privé de baptême puisque vidé de ses dragées. Dans sa triste nudité, mon Manurhin haute époque vaut à peine plus qu'un coup de poing américain et moins qu'un Opinel[1].

1. Dont mon adorable Hippolyte fait collection.

A ce propos, futé comme je te sais, tu dois te demander comment se fait-ce que j'aie pu apporter mon arme en avion jusqu'à Rome ? Tu te dis que ton San-A est une huile et que tous les passe-droits lui sont ouverts. Erratum, mon pote ! Il existe une nouvelle méthode, mise au point par Mathias, pour faire échapper un flingue à toutes les fouilles douanières. Seulement mon chef suprême[1], au nom de la sécurité publique, m'a interdit de la dévoiler. Alors tu devras te contenter de ton rasoir pour détourner le prochain zinc.

Quand tu gamberges dans l'urgence, tu émets toutes les hypothèses, à commencer par les plus farfelues. Je me vois pénétrant dans une armurerie et braquant le taulier pour qu'il garnisse mon calibre de valdas. Très vite, je réalise qu'on est dimanche, que tous les magasins sont fermés et qu'à bien y réfléchir, je suis un poulet, pas un truand.

Je carme mon café et m'apprête à sortir du bistrot lorsqu'un type baraqué façon armoire normande dont on aurait scié les pieds s'encadre devant moi. Il appartient notoirement à l'ethnie sud-américaine.

Souriant comme un zigue qui souffre d'hémorroïdes, il me tend un téléphone portable.

— C'est pour vous ! articule-t-il dans la langue de Molière, mâtinée Cervantes.

1. Tu le connais, Mister Bean, ministre par intermittence, qui alterne le coma, les crises de mégalomanie et les démissions intempestives ?

Hébété et incrédule, je m'empare du bigophone. L'organe grave (dans tous les sens du terme) de Paco s'introduit dans mes portugaises.

— Ce n'est pas raisonnable pour la santé de votre fils, commissaire. Je vous ai demandé de partir, pas d'aller boire un cappuccino en face de chez moi.

— Je voulais juste commander un taxi ! rétorqué-je, plus minable que ta dernière érection.

A l'autre bout de l'absence de fil, le zébré de la joue gauche ricane.

— Pas la peine, Chico va vous accompagner à l'aéroport.

— Chico, c'est le beau bébé qui se trouve en face de moi ?

— Lui-même. C'est un artiste dans son genre. Mais je ne vous conseille pas de lui servir de modèle, Señor Antonio, parce que sa spécialité, c'est la sculpture sur viande.

— C'est bon, je file. Mais je te préviens...

Paco me coupe la parole d'un ton sans réplique.

— Pas de menace ! Si dans deux heures Chico ne m'annonce pas que vous avez décollé pour Paris, j'abats votre fils.

*

* *

De sa cellule, Antoine observait à travers les barreaux du soupirail le petit garçon qui suçait une glace à la vanille. Le *gelato* lui dégoulinait le long des doigts. Un petit chat rouquin et famélique suivait le gamin, léchant les gouttelettes tombées à terre.

D'un coup de sifflet léger, Antoine attira l'attention de l'enfant.

— *Ola, niño ! Tengo hambre* ! (eh, petit, j'ai faim !).

Le premier réflexe du môme fut de protéger sa glace, puis il adressa au prisonnier un sourire complice qui lui réchauffa le cœur.

— *Aspetta* ! (Attends !) chuchota le gamin qui comprenait l'espagnol mais répondait en italien. *Momento* ! (Un instant !)

Diego s'éclipsa et revint quelques instants plus tard avec sa maman qui s'agenouilla devant le soupirail.

— Que voulez-vous ? demanda la femme, à voix basse.

— J'ai faim ! répéta Antoine. S'il vous plaît, apportez-moi à manger.

La mère de Diego regarda plusieurs fois autour d'elle avant de se relever en geignant sous l'effet de l'effort accompli.

— *Vengo subito* (je reviens tout de suite).

Quelques minutes plus tard, la femme réapparut et tendit un sandwich au jambon de Parme si copieux qu'il eut de la peine à passer à travers les barreaux.

— *Gracias* ! fit Antoine. Comment t'appelles-tu ?

La fille s'assura que personne ne l'observait. Seul Diego était dans les parages, moulinant sur son petit vélo.

— Conchita ! répondit la jeune femme.

Passant deux doigts de l'autre côté de la grille, Antoine effleura sa main.

— J'ai envie de toi, dit-il dans un souffle.

Choquée, mais troublée, l'épouse de Paco se retira aussi vite que le lui permettait son ventre bombé. Parce qu'il était le fils de San-Antonio, Antoine présuma que la jeune femme, la nuit suivante, ferait l'amour en pensant à lui. Et toujours parce qu'il était le fils de San-Antonio, Antoine dévora le pain du sandwich après avoir pris soin de mettre le jambon de côté.

*

* *

Maître Gervès et maître Branlard, les gaucho-facho-du-barro, malgré tout leur talent ne pourraient pas me sortir de ce guêpier pourri ! Je te résume : je suis assis à l'arrière d'une énorme Mercedes, Chico se tient à mes côtés et Carlos, son clone, conduit le véhicule sur l'autostrada qui mène à Fiumicino, l'aéroport de Rome.

Tu m'aimes assez pour savoir que je suis capable de fausser compagnie à ces deux Andinos ? D'accord ! Mais tu oublies qu'Antoine est dans les griffes de leur boss et que si Paco n'est pas informé sous deux plombes de mon départ, il bute mon lardon.

Dur d'être canari [1] dans ces conditions. Comme un va-tout vaut mieux que deux tu-fous-rien, je dégaine subitement mon flingue et en glisse le museau sous celui de Chico. Je viendrais de lui raconter la dernière blague en vogue, l'Hispano (pas très Suiza) se marrerait moins.

— Remise ton engin, *cretino*, il est vide ! Par contre, celui-là peut te faire des jolis trous dans la carcasse.

Exactement ce que j'espérais ! Ce branquignole sort un Beretta de sa fouille et me le fait miroiter comme si je voulais l'acheter aux enchères. Tu me croiveras ou ne me croiverasseras pas (conjugaison selon Béru), mais je n'hésite pas l'ombre d'une seconde. Je balance mon coude force douze dans la tronche de Chico. Dans la secousse, ses dents s'éparpillent (chicot-chicot par-ci, chicot-chicot par-là) dans tout l'habitacle.

Sous l'impact, le Colombien lâche une prune qui va se loger directe dans la citrouille de Carlos, le chauffeur. Une grande partie de sa boîte crânienne, deux cents grammes de cervelle et une touffe de cheveux gras vont se coller contre le pare-brise. Inutile de te dire que le mec est instantanément

1. Serein, suivant le dictionnaire béruréen.

plus mort que Sardanapale deux mille ans après son fameux barbecue.

Conduite par un macchabée, une Mercedes, forcément, ça zigzague. Comme mon pote Chico est K.O., je plonge en avant et attrape le guidon. Première urgence, rétablir la ligne droite. Seulement Carlos, dans sa mort, n'a rien trouvé de mieux que d'écraser la pédale de l'accélérateur. La guinde, bourrée de chevaux, prend de la vitesse. Je peine à louvoyer entre les bagnoles dont les pilotes nous abreuvent d'appels de phares et de coups de klaxon.

Déployant la force et la souplesse qui ont assuré ma gloire, je parviens à virguler le mort à sa place, sur le siège passager et à me glisser aux manettes de la limousine.

A la première occase, je fais demi-tour et reprends l'autoroute pour Roma. Sur une aire de repos plutôt déserte je me débarrasse du cadavre. Chico en profite pour émerger.

— *Qué pasa* ? grommelle le type en levant un cil.

— Le con dort ! réponds-je-t-il en lui attriquant un bourre-pif format adulte.

Mon idée, tu l'as comprise, c'est de revenir au plus vite devant la cagna de cet enfoiré de Paco, un vrai feu en pogne !

*

* *

Le temps se couvrait sur la ville de César (pas le sculpteur, le Borgia).

Le petit chat roux passait et repassait devant le soupirail d'Antoine. Il avait beau être sauvage, ce chaton, les miettes de jambon sur le rebord le fascinaient. Comment résister à cette délicieuse senteur ?

N'y tenant plus, l'animal lança la patte pour cueillir un morceau de cette alléchante victuaille. L'aventure ne se déroula pas comme il l'escomptait, puisque une patte bien plus grosse que la sienne vint se refermer sur lui. Il eut beau se débattre, mordre et griffer, rien n'y fit. Il fut obligé de capituler et mit de longues minutes avant de se calmer.

Les deux poignets menottés d'Antoine pissaient le sang mais la douleur était compensée par la satisfaction de la capture du chaton.

*

* *

Je gare la Mercedes dans une petite rue ombragée et discrète d'où je jouis d'une vulve imprenable sur la propriété du Balafré. A l'aide d'un fil de fer barbelé prélevé sur un chantier désaffecté, j'ai entravé les jambes de Chico et lui ai ligoté les mains dans le dossard, ce qui le rend plus docile qu'un bigorneau cuit sur une tartine beurrée. Les vitres fumées, genre calbute béruréen, de la bagnole, nous assurent une relative intimité.

Chico me couve du regard avec l'aménité d'un serpent minute que tu as étourdiment pris pour un lacet de tes dock-side. Je le fouille et m'empare de son téléphone portable, un Nokia dernier cri, comme quoi la dope ça nourrit son homme. Il me suffit d'appuyer sur la touche « bis » pour faire apparaître le numéro de Paco. Mais avant de lancer l'appel, une petite mise au point avec Chico me paraît indispensable. Je lui montre le flingue que je lui ai secoué et le plante dans ses reins.

— Mettons-nous bien d'accord, *hombre* ! Si tu ne fais pas exactement ce que je vais te dire, je te lâche une bastos dans la moelle pépinière, comme dit Béru, un mec que tu regretteras toujours de ne pas avoir connu. Ça signifie que tu deviendrais légume au point que même ta mère pourrait te faire cuire en ratatouille.

Chico, c'est peut-être pas un prix Nobel de psychologie, mais il saisit instantanément ma détermination.

— Tu vas appeler ton boss pour lui annoncer que je viens d'embarquer pour Paris. Tu parles en italien ou en espagnol. Un seul mot dans une autre langue et c'est le fauteuil roulant, pigé ?

*

* *

Comme n'importe quel businessman d'aujourd'hui, Paco tenait sa comptabilité sur ordinateur.

Les noms de ses clients, de ses fournisseurs, de ses employés et des denrées de son catalogue étaient codés, mais le travail de gestion était le même que s'il avait dirigé une entreprise de bonneterie en gros. Il s'affairait devant l'écran de son iMac lorsque le téléphone sonna.

— *Si. Diga me*, Chico. (Le regard du Balafré s'éclaira d'une lueur de satisfaction.) *Bueno* ! Vous rappliquez tout de suite, j'ai besoin de vous.

Il raccrocha, coupa son computer, ouvrit un tiroir et en sortit un vieux Lüger qu'il coinça dans la ceinture de son pantalon après s'être assuré que le chargeur était garni.

Conchita avait emmené Diego en ville, le moment était donc opportun pour éliminer le fils du flic. Il raconterait à sa femme qu'il avait libéré le jeune homme, elle ferait semblant de le croire et on ne reparlerait jamais plus de cette histoire.

Ce fut sans joie que Paco ouvrit la porte de la cellule. Il n'avait pas une âme de sadique, comme Chico, qui parvenait presque à l'orgasme en tailladant la bidoche de ses contemporains. Lui ne tuait que par nécessité. L'idée de flinguer le fils de l'homme qui avait sauvé le sien lui était pénible. L'espace d'un instant il fut même tenté de surseoir à cette exécution, mais la plus élémentaire des prudences commandait ce geste.

La nuque bien dégagée du prisonnier offrait une occasion inespérée à Paco de l'exécuter sans qu'il s'en rende compte.

Le Balafré glissa la main sur la crosse de son pistolet. Tout se déroula alors à la vitesse de la lumière. Antoine se redressa d'un bond et projeta au visage du Colombien une boule de poils roux qui lui laboura le visage.

Hurlant de douleur, Paco sentit que son œil droit venait d'être crevé. Pour faire bonne mesure, Antoine lui percuta le ventre de ses deux poings assemblés par les menottes.

*

* *

Assis au volant de la Mercedes, je consulte la montre du tableau de bord.

— Dans un quart d'heure, on sera censés être rentrés de l'aéroport, non ? demandé-je à Chico qui boude sur la banquette arrière.

Comme il tarde à me répondre, je tire sur un bout de ses liens barbelés. Il pousse un couinement de porc devenant cochonnaille.

— Réponds quand je te parle !

— Un dimanche après-midi, Carlos mettait même moins que ça.

— Parfait. On attend encore un peu et tu rappelles ton singe. C'est là qu'il va falloir que tu décides si tu as envie de vivre ou de canner. Tu lui dis que vous arrivez et qu'il peut ouvrir le portail...

Je me tais car le portail dont au sujet duquel je suis précisément en train de causer pivote sur ses gonds. Toi tu le sais, mais pour moi c'est une surprise kolossale que de voir Antoine surgir. Il se met à courir comme un découillé, le long de l'avenue quasi déserte. Manque de bol, il choisit la mauvaise direction et s'éloigne de moi. Je tourne le contact et déboîte en froissant l'aile et même la cuisse de la bagnole de devant.

Qu'à ce moment, Paco sort à son tour. Comprenant qu'il ne le rattrapera pas, il dégaine son flingue et ajuste le fuyard.

Fou d'angoisse, j'appuie sur le klaxon. Surpris, le Balafré détourne la tête, avise sa Mercedes et fait signe au chauffeur (dont il ne peut distinguer les traits derrière les vitres fumées, je te le rappelle) de courser Antoine.

J'écrase le champignon, rameutant les 350 bourrins teutoniques de la tire, et fonce sur Paco. Au début, le Sud-Am. croit que sa Mercedes s'élance à la poursuite de l'évadé, puis il réalise qu'il se trouve sur la trajectoire et que le pilote n'a pas du tout l'intention de l'éviter. Au dernier instant, Paco exécute une cabriole qui l'amène pile sous un tram débouchant à vive allure. Il n'a pas la chance de son petit Diego. Faut dire que je n'ai rien fait pour le sauver. Ce qui reste de lui après le passage de l'engin nécessiterait un peu d'oignon râpé, quelques câpres et un trait de Worcester sauce. Y en a qui ajoutent un jaune d'œuf, mais c'est affaire de goût.

*

* *

Antoine laisse aller sa nuque sur l'appuie-tête de la Mercedes, savourant ce qu'il croit être un bien précieux : la vie. Il ne sait encore pas que c'est le cadeau le plus empoisonné qu'on puisse faire à un individu. Le jour où les hommes comprendront qu'en donnant la vie on offre aussi la mort, ils hésiteront peut-être à vider leurs burettes.

— On fait quoi, maintenant ? questionne-t-il.

— A ton avis ?

— On va chez les flics !

— Pas moyen de faire autrement. Je connais le *commissario* Manao, le patron des stups. On a trinqué ensemble la semaine dernière à Bruxelles. Ah ! Détail qui change tout : Paco m'a avoué avoir assassiné Mélanie.

Antoine me jette un œil incrédule.

— C'est vrai ?

— Non. Mais il faut le faire croire.

— Tu penses abuser un vieux renard comme le commissaire Roykeau ?

— Sûrement pas. Mais peut-être que le meurtrier, pensant l'affaire bouclée, va relâcher sa vigilance.

— Pas bête.

— Merci de ton appréciation. Si tu me racontais ton odyssée ?

Antoine fait la moue.

— Tu vas encore m'engueuler.

— Dis toujours, on verra bien. Tu m'as suivi jusqu'à Rome ?

— Je t'ai précédé. J'ai pris le vol juste avant le tien. A Fiumicino j'ai loué une bagnole et je suis allé me mettre en planque devant le *Chalet Pantarolli*. Je t'ai vu rappliquer hier soir. J'ai aussi assisté à ton rodéo sous le tram. J'ai cru mourir de peur.

— Moi aussi, répliqué-je.

— Lorsque le Balafré est reparti avec son marmot, j'ai décidé de le prendre en chasse. Il a déposé le gamin chez lui et s'est rendu à la cité olympique...

— M'attendre chez sa sœur ?

— Probablement. J'ai patienté et je t'ai vu radiner en scooter avec une fille.

— Et là, tu es sorti de ta voiture ?

— Exact.

— Un conseil, mon garçon. Quand tu planques de nuit dans une voiture, n'oublie pas de dévisser l'ampoule du plafonnier.

Antoine hoche la tête.

— Paco avait dû me repérer et prévenir ses sbires, car ils me sont tombés dessus et ça a été ma fête.

— Non. C'est la fille et moi qui avons été suivis. Et c'est à cause de nous que tu as été repéré.

— Peut-être.

— En tout cas, tu as failli tout foutre en l'air en te ramenant à Rome.

— Je sais. Mais cette affaire, c'est vraiment la mienne et je voulais te prouver... Je suis désolé...

— J'aurais fait pareil, dis-je en lui prenant sa main que je serre. Je suis fier de toi.

Tu vas pas me croire, Grégoire, mais Antoine se met à pleurer. Faut dire qu'il y a longtemps que je ne lui avais pas dit quelque chose de tendre.

C'est peut-être même la première fois.

Chapitre Thank

(Pour remercier le Seigneur[1] d'avoir sauvé mon Antoine)

Trois jours plus tard, le réseau de Paco était démantelé, ses complices sous les verrous et nous avions regagné la France, plus précisément Chartres où le juge Annick Hatouva instruisant l'affaire Mélanie Godemiche venait de convoquer Antoine en tant que témoin principal du meurtre.

Tu la verrais, la juge, tu réviserais ton opinion sur la vétusté de la Justice ! Si ses fafs affichent trente ans, c'est que l'officier de mairie qui l'a enregistrée était beurré au point de lui rajouter, par inadvertance, cinq piges sur l'état civil. Son visage allongé est illuminé par les immenses perles bleues de ses yeux et son corps délié est parfaitement

1. In English « my gode ».

emballé dans un tailleur classe dont la jupe courte met en valeur des cuisses de rêve.

La greffière, en revanche, est une grosse truie coiffée en brosse, avec un cul à six places logé dans un pantalon informe. Le genre de gonzesse qui passe volontiers la tondeuse à gazon dans les slips en dentelle. Un instant, je crains que cette rombiasse fasse tandem avec sa patronne. Mais l'imperceptible frémissement qui agite les nichons de Mme la juge lorsqu'elle balade son regard sur ma pomme me rassure sur l'orthodoxie (bienvenue au barbu, mon pope) de ses mœurs.

Assis à ma droite, Antoine, que j'ai obligé à se fringuer en enfant sage, garde la tête basse, comme un premier communiant essayant de mater sous l'aube de la petite cochonne agenouillée devant lui.

A ma gauche, le commissaire Bernard Roykeau tire une tronche d'un mètre douze.

La juge s'adresse à mézigue en priorité.

— Monsieur le directeur de la Police nationale par intérim, je tiens à vous informer que le commissaire Roykeau, ici présent, a volontairement tardé à me transmettre les éléments de l'enquête susceptibles de mettre en cause votre fils. Je vais à ce propos adresser un rapport circonstancié à monsieur le procureur de la République.

— C'est moi qui ai fait pression sur lui, madame le juge.

— Faux ! rétorque aussitôt Roykeau en vrai mec. J'ai agi de ma propre initiative.

— Je l'ai influencé en lui affirmant que j'étais sûr de l'innocence d'Antoine, insisté-je.

Miss Hatouva est impressionnée par notre solidarité.

— On ne me l'avait encore jamais fait le coup du « c'est pas lui, c'est moi ». Enfin !... Venons-en à l'essentiel.

Elle se tourne vers Antoine et le fixe longuement. Aussi vrai que le dernier orgasme de ta femme coïncide avec la dernière livraison du garçon boucher, je suis prêt à te parier que cette nana en pince aussi fort pour mon fils que pour moi. Le charme juvénile interpelle autant les œstrogènes que la ravageuse maturité. Brad Pitt ou Harrison Ford, même mouillette !

— Comment expliquez-vous la présence de votre casquette sur le lieu du crime ?

Antoine me consulte du regard. D'un battement de cils je lui indique de parler naturel, de dire la vérité, toute la vérité, rien que la vérité, sans haine et sans crainte.

Il obtempère.

— C'est très simple, madame la juge. Mélanie est une amie de longue date. Au cours de la soirée nous avons dansé et flirté ensemble. Je lui ai fixé rendez-vous près du parking de l'entrée, sous le grand saule pleureur.

— Dans quel but ? demande la perfide magistrate.

— De l'emmener faire l'amour dans ma voiture.

— Qu'a-t-elle répondu ?

— Qu'elle avait encore des potes à saluer et qu'elle me rejoindrait une heure après.

— Ensuite ?

— J'ai continué à danser et un peu plus tard je me suis rendu à l'endroit convenu. J'ai patienté quelques minutes en marchant de long en large sur le talus. Et c'est là que j'ai découvert le corps de Mélanie. C'était effroyable...

— Pourquoi vous êtes-vous enfui ?

— J'ai vu un gendarme arriver dans ma direction. J'ai paniqué.

— Et vous avez perdu votre casquette dans votre fuite...

— Je ne m'en suis pas rendu compte tout de suite. C'est seulement le lendemain que j'ai réalisé.

— Vous êtes rentré à Paris avec votre voiture ?

— Bien sûr.

Annick Hatouva croise les bras sur son bureau.

— Vous aviez bu, ce soir-là ?

— Oui.

— Beaucoup ?

— Trop pour échapper à un contrôle d'alcoolémie, mais pas au point de perdre la raison.

— Vous aviez fumé ?

— Du tabac, uniquement.

— Pas de pilules, pas de coke ?

Antoine remonte ses manches pour dévoiler ses veines sans aucune trace de piqûre.

— Et pas d'héroïne non plus. Je ne me drogue

pas, madame la juge, les tests sanguins le prouveront.

— Nous les ferons pratiquer.

Un long silence plane, juste troublé par la greffière qui achève de consigner l'interrogatoire sur son ordinateur.

— Quelque chose vous gêne dans le témoignage d'Antoine, madame la juge ? questionne Roykeau. Il est le fils d'un policier de haut rang et policier lui-même, depuis peu de temps, je vous l'accorde. Mais enfin... rien ne nous permet de douter de sa bonne foi. D'autant qu'il n'a aucun antécédent judiciaire.

Le juge feuillette un dossier et hoche la tête à plusieurs reprises.

— En effet. Pas d'antécédent.

Je lui sais gré de ne faire aucune allusion aux parents biologiques d'Antoine.

— Des tests génétiques sont en cours ? hasardé-je, manière de relancer l'ambiance.

Roykeau opine de son ondulante toison grisonnante qui tant fait ruisseler les muqueuses australes des Chartraines.

— Le légiste a déterminé trois spermes différents sur la victime.

In petto, je me dis que cette Mélanie était un véritable shaker à foutre. Trois fourrettes et un bon coup de techno là-dessus, bonjour le cocktail !

— Nous allons les comparer aux marqueurs

ADN des cheveux trouvés dans le bonnet inca, précise le commissaire, et... dans la casquette.

Antoine ne peut s'empêcher de réagir, se dressant d'un bond.

— Ne perdez pas votre temps à analyser mes cheveux ! Je n'ai pas couché avec Mélanie, ce soir-là. Et si je l'avais fait, j'aurais utilisé ça !

Il balance un préservatif sur la table de la jugeasse[1].

— Mélanie me faisait bander, poursuit mon garnement, s'exaltant quelque trop, mais je ne suis pas débile au point de sauter une fille à risques, comme elle, sans protection !

Le couillon ! Il est en train de se piéger comme un bleu.

— Et vous pensez que ce fait peut servir votre défense ?

— Eh bien...

— Au contraire, enchaîne la jugeonne[2], ça vous accable !

Mon Antoine se liquéfie comme une glace à la vanille en vacances chez Kadhafi.

— Je ne vois pas en quoi...

— Réfléchissez. Votre égérie copule avec trois hommes au cours de la soirée...

Egérie, copule... Ce sont vraiment des mots de

1. La rime est riche avec pétasse.
2. La rime est riche avec conne.

vieille fille branleuse. Il va falloir qu'on la rééduque, cette jugeoune[1].

En attendant, elle n'est pas décidée à lâcher mon fiston d'une semelle.

— Lorsque vous la retrouvez, continue-t-elle, Mélanie se refuse à vous. L'affront est insupportable...

Cette fois, je décide d'intervenir.

— Alors Antoine, pour se venger, tue la fille, lui arrache utérus et ovaires et taillade les seins. Il est vraiment susceptible ! Mais enfin, madame la juge, regardez-le ! Ce garçon vous paraît-il capable d'une telle monstruosité ? Alors qu'il vient de sortir major de l'école de Police ?

Annick Hatouva demeure imperturbable, tendance butée. Le commissaire Roykeau essaie à son tour de nous venir en aide.

— Je vous rappelle, madame, que mon collègue San-Antonio a recueilli les aveux d'un certain Paco Rodriguez, trafiquant de drogue notoire, qui se trouvait sur les lieux la nuit du crime, et qui a reconnu avoir assassiné Mélanie Godemiche parce qu'elle refusait de lui payer son dû.

La jugeope[2] fait non de la tête.

— Ces aveux ne figurent pas sur le rapport du *commissario* Manao !

— Parce que c'est à moi que Paco s'est confié.

1. La rime est riche avec foufoune.
2. La rime est riche avec salope.

— Vous pensez vraiment que je vais croire cette fable, commissaire ?

— Non. Mais c'est dommage pour la suite de votre enquête.

Pas impressionnée, Annick Hatouva frappe son bureau du plat de la main pour attirer l'attention de sa greffière broutassière.

— Je décide la mise en examen et l'incarcération immédiate de M. Antoine San-Antonio.

— Junior, précise mon fils, San-Antonio Junior !

*
* *

— Tu ne veux pas me laisser le volant ? demande Roykeau, plus blanc qu'un navet javellisé égaré sur un lit de Chantilly. Tu as l'air nerveux.

J'attaque un virage en épingle à cheveux à plus de cent trente à l'heure. Deux roues de ma bombe se soulèvent et les deux autres mordent le talus.

— Non. Ça me détend, de conduire.

Je contrebraque, enraye un tête-à-queue et évite de justesse une bétaillère qui tient la moitié de la chaussée. Nouveau virage serré et je lève le pied car nous arrivons aux abords du château de la Vieille-Nave. Mon collègue prend le temps de pisser un coup, sa grand-mère lui ayant expliqué qu'il fallait toujours uriner après une grande émotion.

Nicolas Godemiche nous ouvre. Le jeune homme ne paraît pas spécialement joyce de me voir. Et pas davantage de se trouver en présence de Roykeau. De notre précédente rencontre, il conserve un sparadrap sur le tarbouif.

— Bonjour messieurs ?

— Inutile de faire les présentations, tu connais mon confrère de Chartres.

— Vous jouez de malchance, mon père est à Paris pour toute la journée.

— Ça tombe bien, c'est justement toi qu'on vient voir.

Il s'efface comme un tag représentant une grosse bite velue sur le mur d'un couvent de Bénédictines.

— Bon, ben... entrez. Vous voulez boire quelque chose ? dit-il du bout des lèvres.

— C'est plus spontané quand c'est ton vieux qui offre. Merci quand même, on n'a pas soif. En fait, c'est ta cagnotte qui nous intéresse.

La gueule du môme se décompose comme une fillette en vacances chez Troudu, célèbre pédophilosophe belge à qui l'on doit le fameux traité intitulé « Le bonheur est dans le préau ».

— Quelle cagnotte ? Je ne vois pas de quoi vous parlez.

Je me tourne vers Roykeau.

— Qu'est-ce que tu fais, Bernard, quand un de tes subalternes avoine un prévenu ?

— Je lui décerne un blâme.

Je pivote sur mes talons et balance une tarte aussi soudaine que sonore sur la joue gauche de Nicolas.

— Et quand c'est un supérieur ?

— Je trouve ça farce, se marre Roykeau.

— Vous n'avez pas le droit ! rouscaille le fils Godemiche. Je vais porter plainte.

— T'as raison, ricané-je-te-je, on va appeler la police, commissaire Roykeau, siouplaît ?

— C'est à quel sujet ? demande mon collègue en cloquant une mandale de même magnitude à Nicolas, mais sur la joue droite, question de symétrie.

Le type se laisse tomber en geignant sur un fauteuil.

— Je ne comprends pas du tout ce que vous me voulez...

— Combien t'a rapporté la rave-party de l'autre nuit, Nico ? questionné-je, le ton radouci. Sûrement plus de 500.000 pions, puisque c'est la somme que tu as payée cash à Paco pour lui acheter la came.

Cette fois, il vient de piger à qui il a affaire et il me regarde avec autant d'admiration que de crainte. Il hésite encore à parler. Je l'encourage d'une voix plus sucrée qu'une pâtisserie libanaise.

— Roykeau et moi, c'est pas des oreilles qu'on a, mais des passoires. On ne retient que ce qui nous intéresse. Tes petites combines et tes traficotages, on les oubliera si tu n'as rien à voir avec le meurtre de ta cousine. Mais en attendant, on veut tout savoir.

— Je n'ai pas tué Mélanie ! Je vous le jure.

— Si tu le jures... On est obligés de te croire, fait mon Roykeau d'un ton badin en lui expédiant une pichenette de gorille sur le pif.

Illico, le blair convalescent de Nicolas se met à pisser le raisin frais sous son bandage.

Compris la tactique de mon collègue. A partir de maintenant, c'est lui qui joue le méchant dans notre chaud et froid de volaille. A moi le rôle du gentil.

— Mollo, Bernard ! Ce n'est qu'un gamin, après tout.

— Un gamin qui a éventré sa cousine, oui ! Tiens, petite saloperie, prends çui-là ! Et pis çui-là encore !

— C'est pas moi ! C'est pas moi ! hurle Nicolas paniqué sous la grêle de coups (très maîtrisés) qui s'abat sur lui.

Je fais mine de ceinturer Roykeau et de l'entraîner de force à l'écart.

— Ça suffit ! On se calme ! Laisse-moi lui parler.

Mon collègue feint de se soumettre et va s'asseoir près de la cheminée en ronchonnant. Je reviens vers Nicolas et lui tends mon mouchoir pour qu'il tamponne son tarbouif et ses ecchymoses.

— Je suis sûr que tu n'es pour rien dans la mort de Mélanie. Seulement faudrait que tu me donnes des preuves de ta bonne foi. En jouant franco à propos de la dope, par exemple.

Il me jette un regard implorant.

— Qu'est-ce que vous voulez savoir ?

— Tout ce qui concerne tes rapports avec Paco.

— C'est Mélanie qui...

— Ne commence pas à renvoyer la balle à une morte. Sois un homme, Nicolas, assume tes responsabilités et je te promets de t'aider.

Ebranlé par mon ton protecteur, le petit gars décide de vider son sac et me déballe le toutim. Depuis quelques mois, Mélanie participait à l'organisation de rave-parties. L'ecstasy, le crack, la coke circulaient à tout-va, mais sa cousine n'engrangeait pas une thune, tout en prenant un max de risques. Le soir de la fiesta qui se déroulait sur leurs terres communes, elle s'est retrouvée avec une dette de 500.000 francs envers son fournisseur. Elle était incapable de payer. Paco s'est fâché et Mélanie a demandé à son grand cousin de lui venir en aide. Alors il a banqué. Mais il jure ses grands dieux qu'il n'est pas un dealer. Il n'a fait aucun bénéfice, et a juste dépanné Mélanie. Il réaffirme n'avoir jamais vu ce Paco avant la nuit tragique (sic), ce que je suis tenté d'admettre, vu que le Balafré semblait effectivement ne pas connaître le cousin qui lui avait remis le fric...

— Et où as-tu trouvé une somme pareille en liquide, Tête-de-nœud ? questionne Roykeau, reprenant du service.

— Ben... C'est pas facile à dire.

— Je sais, lui soufflé-je, pensant fortement à

mon Antoine sous les verrous, les conneries, c'est plus facile à faire qu'à raconter.

— En fait, j'ai piqué le fric à mon père.

— Où ça ? gronde le commissaire de Chartres.

— Dans son coffre. Je savais qu'il avait un magot.

— Et ton père ne s'est aperçu de rien ?

Nicolas est plus mal à l'aise qu'un mec qui vient de chier dans son beau pantalon beige, gants beurre frais et bouquet à la main, juste au moment où rapplique le père de sa future fiancée.

— Si. Mais je lui ai fait croire à un cambriolage. Papa était absent, ce soir-là.

— Raconte. On adore les détails.

— J'ai cassé un carreau de la porte-fenêtre et abandonné le coffre entrouvert en laissant traîner un gant de chirurgien et un stéthoscope.

Je tique fortissimo.

— Tu as souvent un gant de chirurgien et un stéthoscope sur toi ?

— Mélanie me les a fournis. Paraît que c'est le matériel qu'utilisent les professionnels.

— Dans les bouquins d'Agatha Christie, peut-être, objecte Roykeau.

Dans ma grosse tronche, je me dis que la môme Mélanie avait bien préparé son coup pour faire carmer son cousin avec l'oseille de son oncle. Et ça signifie quoi, Eloi ? Qu'elle avait barre sur Nicolas. Qu'elle le tenait d'une manière ou d'une autre.

Mais ce n'est pas cet aspect des choses qui me préoccupe en priorité.

— Ton père n'a pas porté plainte ? demandé-je.

— Non, admet le jeune homme.

— Pourquoi ?

— Je n'en sais rien.

Ce serait intéressant de poser la question à ce bon Jacquemart-André, qu'en penses-tu, Lulu ? Le sieur Godemiche se trouvant présentement au salon de la machine-à-bricole, porte de Versailles, le plus simple est de lui téléphoner sur son portable. Ce que je, après avoir soutiré son numéro à Nicolas. Je tombe sur sa ménagerie vocable (expression signée Béru) et lui demande de me joindre au plus tôt à la Vieille-Nave.

Je gamberge à toute vibure. On ne va pas se faire cuire une soupe en attendant que le vieux péquenot nous rappelle, non ? D'autant que je flaire son fiston mûr à souhait pour de brillantes confessions.

— Bon ! On va faire une perquise ! décidé-je tout à trac.

Je remarque dans les yeux de Nicolas un éclair de panique qui m'incite à pousser mon avantage. Je ne sais pas ce qu'il cherche à cacher, mais je te jure sur la vie de la concierge de la nièce de ta belle-mère qu'il planque un truc dans cette casbah.

Cette certitude attise mon nez de pointeur.

— On fouille tout ! De la cave au grenier !

— Vous avez un mandat ? s'insurge le garnement.

— Tu ne préférerais pas une mandale ? réponds-je, en brandissant à son encontre une dextre vindicative, comme l'écriraient certains de mes confrères que je ne dénoncerai pas afin de leur épargner une élection prématurée à l'Epidémie Française.

Roykeau qui a pigé la manœuvre décroche le téléphone, un drôle de rictus aux lèvres.

— Bonne idée, la perquisition ! J'appelle des renforts.

Nicolas bondit et coupe la communication.

— Attendez ! Pas la peine d'ameuter la garde. Je sais pourquoi mon père n'a pas porté plainte.

— Précise ! le harcèle Bernard.

— C'est à cause des documents qu'il garde dans son coffre.

— Il est où ce coffre ?

— Dans la penderie de ma chambre.

— De ta chambre ?

— Avant, c'était la chambre de mes parents, mais depuis le décès de ma mère, papa s'est installé dans la chambre d'amis. Il ne supportait plus la pièce où maman était morte. Au contraire, moi, j'ai l'impression de la retrouver et de communiquer avec elle.

On ne s'attarde pas en larmoiements. On grimpe de conserve à l'étage, investit la piaule de Nicolas, vire quelques fringues de sa penderie et découvre le Fichet-Bauche.

— C'est quoi, le code ?

— I.3.0.4. Maman est morte le 13 avril dernier.

Je tourne les molettes et déclenche l'ouverture du coffre. A l'intérieur, je ne déniche que douze mille francs, une poignée de louis d'or, trois montres suisses et un dossier médical accompagné de quelques clichés représentant une jolie femme d'une cinquantaine d'années. Je montre les photos à Nicolas.

— Ta mère ?

— Elle était belle, n'est-ce pas ?

— Beaucoup d'allure, en effet. Mais je ne vois pas les documents annoncés ?

— Dans un double-fond que mon père a bricolé. Vous permettez ?

Il plonge à son tour la main dans le coffre et la ressort presque aussitôt prolongée d'un Magnum 357 qu'il braque sur nous avec une promptitude dont je ne le soupçonnais pas capable. Comme son calibre pourrait traverser un char Patton avec David Douillet à l'intérieur, je m'empresse d'attraper le plafond avec les paluches. Roykeau obtempère avec autant de docilité. Dans l'état de fébrilité où il se trouve, ce jeunot n'hésiterait pas à nous arroser. Je sais lire la détermination dans la prunelle d'un individu. D'autant que je suis sorti aussi nu que le jour de ma naissance, c'est-à-dire sans flingue.

— Méfiez-vous, les duettistes ! glapit-il. J'ai failli faire partie de l'équipe olympique de tir. Je peux vous perforer les trous de nez sans toucher les narines !

Nicolas recule jusqu'à une commode dont il ouvre un tiroir sans cesser de nous tenir en respect. Il y récupère une épaisse enveloppe qu'il glisse à l'intérieur de son blouson.

Croyant déceler chez le fils Godemiche un instant d'inattention, Bernard Roykeau plonge la main sous son aisselle et sort son arme de service.

Plus vif encore que Jessie James multipliée par Billy-the-Kid, le jeune homme tire et le pétard saute de la pogne de mon collègue. Roykeau pousse un hurlement de douleur et s'écroule, la main droite ensanglantée.

— Je vous avais prévenus ! beugle Nicolas, au bord de l'hystérie.

Pour me dissuader de toute intervention, il balance le potage dans ma direction. Chaque bastos me rase de frais sans me blesser. Manifestement, cet enfoiré sait se servir d'une pétoire. Je plonge derrière le plumard pour me faire oublier. La porte claque façon vaudeville. Sitôt acquise la certitude que le tireur a quitté la pièce, je me précipite vers mon pote.

Le commissaire comprime de sa main gauche son poignet droit d'où le sang gicle dru.

— Ça va aller, Bernard ? m'inquiété-je.

— L'enculé ! Il m'a niqué la pogne...

Rassuré sur sa longévité potentielle, je ramasse son pistolet, ouvre la fenêtre et vise Nicolas qui cavale en direction d'un 4 × 4 japonais conçu pour faire le Paris-Dakar dans ton massif de bégonias.

Pas de pitié, je vais le flinguer aux pattes, ce petit gland. Je presse la détente, mais macache bono ! La balle du 357 a défoncé le magasin et le calibre de Roykeau affiche relâche. A l'instant présent, ce pétard m'est un peu moins utile qu'un pot de rillettes sans listeria.

Nicolas démarre son engin et se barre en virant la moitié des gravillons de la cour. Je sais que ce petit couillon n'ira pas loin, alors je m'occupe de mon collègue et appelle le SAMU. Puis je lance un avis d'interception contre le véhicule du fuyard.

J'ai à peine raccroché que le bigophone grésille. C'est Jacquemart-André qui rappelle suite à mon message.

— Tu as essayé de me joindre, San-A. Qu'est-ce que tu fous chez moi ?

Selon ma bonne vieille habitude, je réponds par une autre question.

— Ton coffre a été forcé, le soir de la rave-party ?

— C'est Nicolas qui t'a raconté ça ?

— Pourquoi n'as-tu pas porté plainte ?

Le père Godemiche n'étant pas la moitié d'un naveton cesse le petit jeu des questions sans réponses.

— Ma nièce assassinée dans la même nuit, j'ai pensé que les flics avaient mieux à faire que d'enquêter sur un cambriolage, surtout pour des peanuts...

— 500.000 francs, tu trouves que c'est des cacahuètes ?

Comprenant que j'en sais plus qu'il ne veut bien me le dire Jacquemart lâche du lest.

— Ecoute, Tonio... Tu ne travailles pas pour le ministère des finances. Tu ne vas pas me balancer aux polyvalents ? Alors à toi je peux l'avouer, ce pognon c'était des éconocroques qui avaient légèrement échappé au fisc...

Son ton est moins convaincant que celui d'un avocat défendant la liberté d'expression des femmes dans une république islamique. Je le contre aussitôt.

— Pas tant de salades, mon vieux. Je connais le turbin des agriculteurs d'aujourd'hui. Avec toutes les réglementations de Bruxelles, vous êtes dans l'impossibilité de détourner trois centimes. A moins que tu ne vendes ton maïs sur les marchés ?

Un long silence s'écoule avant que mon terlocuteur ne réplique.

— Tu veux que je te dise quoi ?

— La vérité. C'est-à-dire que tu as tout de suite compris que c'était ton fils qui avait engourdi le pognon.

— C'est vrai que j'y ai pensé, admet Godemiche *father* au bout de son portable.

J'enchaîne aussitôt.

— Il est à toi le 357 planqué dans ton Fichet ?

Cette fois, Jacquemart-André renifle la vraie daube.

— Oui, c'est à moi. Je le cachais dans un double-fond pour me défendre le jour où un zigoto m'obligerait à ouvrir mon coffre.

— Aujourd'hui, le zigoto, c'est moi.

Jacquemart pousse un rugissement.

— Nicolas n'a pas fait de connerie, au moins ?

— Non. Il a simplement tiré sur un commissaire de police.

*

* *

Roykeau est à l'hosto, hémorragie endiguée. Certes, il n'est pas près de jouer un concerto à quatre mains, mais il pourra encore se pignoler de la main gauche.

La jugesse[1] Annick Hatouva a estimé que le comportement de Nicolas Godemiche prouvait sans doute sa culpabilité dans une affaire de deal. C'était de l'argent ou de la drogue qu'il avait embarqué. Mais cela ne constituait en aucun cas un élément susceptible de lui faire prononcer la libération d'Antoine.

Je lui ai remis mon mouchoir imbibé du sang de Nicolas en lui conseillant de le faire participer à la tombola génétique. J'ai ajouté qu'un jour ou l'autre

1. La rime est riche avec peau-de-fesse.

ma bite rencontrerait sa chatte. Elle ne m'a pas démenti. Et je suis rentré sur Paris, le cœur meurtri, l'honneur bafoué, l'âme démantelée. Un être me manquait en cette circonstance. Le plus rustique d'entre tous.

Chapitre saucisse

(Petit hommage à Béru)

La rue des Bérurier est en plein émoi lorsque je me pointe : une camionnette de dépannage Darty garée en double file bloque la circulation.

Je planque mon Audi sur un berceau et me dirige pedibus vers l'immeuble du Gravos. Les chauffeurs klaxonnent, tempêtent, vectivent par les portières, tupèrent contre ces empêcheurs de rouler en cons. Un tomobiliste, lui infliger dix secondes de retard, c'est le pire outrage qu'il puisse subir. Ça le rend aussitôt voisin de l'hystérie. Plus rien ne compte que cette immobilisation forcée. Il en oublie sa tronche de rat crevé, les pellicules qui neigent sur son blazer, les perfidies de ses collaborateurs, les brimades de ses chefs, l'ombre de l'ANPE, son ulcère du duodénum, les ragnes interminables de sa mégère, l'explosion de la chaudière du chauffage central, ses économies investies en Euro-Tunnel, les préservatifs usagés découverts dans la chambre de sa gamine de douze ans, les bas jarretières qu'enfile son fils aîné pour sortir le soir et même, oui même, que sa sacro-sainte chignole doit passer la semaine prochaine au contrôle technique avec de fortes chances d'être recalée.

— Pourquoi vous gueulez comme ça ? lancé-je devant la kangoo jaune et bleu, ils font leur boulot, ces mecs.

Tout juste si je ne me retrouve pas lynché haut et court. Voilà plus de quarante minutes que les dépanneurs bouchent la rue ! Qu'ils montrent le bout de leur nez et ça va être leur fête ! La vindicte des chauffards est sans pitié.

Peu me chalant[1] cet incident, je grimpe par volées de quatre les marches de l'escadrin béruréen.

L'huis (Mariano) étant entrebâillé, je m'abstiens de frapper et investis le capharnaüm qui tient lieu de hall d'entrée à ce couple d'exception. On y trouve tout, mieux qu'à la Samaritaine : une paire de pantoufles sentant la botte négligée, une botte de caoutchouc fleurant l'égout, une canne sans pommeau, un parapluie sans baleines, une casquette sans visière, un fauteuil sans accoudoirs, une chaise percée, un arrosoir crevé, un casier de

1. Ne sois pas surpris de ce participe présent, je viens juste de le terminer, il n'est pas encore sec.

bouteilles vides, un casier judiciaire plein, un pot de chambre patiné, un vase de Soissons, les œuvres incomplètes de Sang-en-tonneau, une petite musique de nuit, un tiens, deux tu-l'auras, trois navets et un pater, plus une patère austère à laquelle sont accrochées deux salopettes de dépanneurs Darty.

Un mugissement de guenon en gésine attire mes pas vers le salon où un spectacle de choix m'attend. En tout et pour tout vêtue d'un porte-jarretelles et de sa médaille de baptême, Berthe est allongée à plat ventre sur un grand barbu à casquette, lui-même étendu sur le dos à même le tapis, un authentique Persan-Beaumont du XVIIIe (tendance Marcadet-Poissonniers). Mais c'est le barbu, kilim, pas le tapis. Et il n'est pas le seul, puisque son collègue, un gringalet avec des bubons dans le dos, besogne sur la face nord, la plus charnue et rebondie de la dame Bérurière.

— Plus vite, les gars ! les encourage Berthe. Ça vient.

Je me racle la gorge.

— Hum, hum ! Je ne dérange pas, au moins ?

De saisissement, le maigreleux décule, m'avise et tente de masquer son bigoudi qui perd aussitôt de sa prestance et pique dangereusement vers le parquet.

— Ah ! C'est vous, commissaire, minaude la Gravosse sans cesser de s'agiter sur le barbu. Escusez mon négligé, mais j'étais en train de donner un pourboire à ces deux charmants garçons qui viendent juste de m'installer un nouveau lave-vaisselle. Et comme j'avais pas de monnaie...

— Je vous en prie, Berthe, finissez de distribuer vos étrennes.

B.B. réalise soudain que l'un de ses orifices est laissé vacant et tance vertement le déserteur.

— Eh bien, la Crevure, qui c'est qui t'a permis de sortir de mon prose ?

Penaud, le Darty's man tente de se relancer à la manivelle, mais le moral n'y est plus.

— C'est l'arrivée de Monsieur qui m'a coupé la chique... s'excuse-t-il en me montrant du doigt.

Cela donne une très mauvaise idée à la Vachasse.

— Antoine, vous qui tendez sur commande, vous ne pourriez pas remplacer cet incapable au pied lavé ?

— Pardonnez-moi, chère amie, mais je n'ai pas demandé audience à votre dernier repas. Je ne suis pas venu me faire un gros cul, mais voir un gros con.

— Si c'est de mon homme que vous causez, il est pas là, il donne ses cours.

— Ses cours ? estomaqué-je.

— Sifflet ! Il enseigne le music-hall à la Maison de l'Inculture et de la Jaunisse de l'arrondissement, rue Saddam Hossein [1], c'est à deux pas d'ici.

1. Dictateur éclairé du Marigny occidental qui a réussi à négocier un embargo perpétuel contre un lumbago chronique.

Béru prof de music-hall ? Cette pensée m'époustoubouriffe tandis que je m'évacue en souplesse.

— Eh toi, le débandeur, gronde Berthaga hors champ, mets-moi au moins tes doigts dans le fion, qu'on en finisse !

*
* *

Je pénètre dans une petite salle de théâtre plutôt douillette, fauteuils de velours rouge et lumières mordorées. Côté public, six personnages en quête de hauteur, entourant un Béru plus rubicond que la lune, luisant comme un suppositoire qui aurait peu servi, et fringué d'une tenue de jogging sanieuse.

Sur la scène, une jeune fille en jupe plissée et chemisier brodé, blonde et plus gironde que les alentours de Bordeaux, se contorsionne à la façon d'un mime venant d'avaler un paratonnerre imaginaire.

Béru m'entrevoit, barre ses limaces labiales pour m'intimer le silence et me fait signe de déposer la plus noble partie de mon individu à ses côtés.

— C'est Magali, une surdouée, me chuchote le Gros en désignant la fille en scène. Mais j'ai l'impression qu'elle a un trou. Bouge pas, Tonio, j' vas aller lui souffler.

Il quitte son siège, escalade les marches qui mènent à l'estrade avec la suffisance d'un metteur en scène amerlock réglant les derniers détails avant sa première au Carnegie Hall. Il prend la place de la jeune artiste et lui intime l'ordre de suivre ses recommandations.

— Regarde bien, Magali, c'est tout simp'...

L'Hénaurme se concentre, ferme les poings, clôt les yeux et craque une louise à faire péter la galerie des glaces. Près de moi, les autres élèves applaudissent.

— A toi, maintenant ! dit A.-B.B. à sa pouliche.

Mais Magali a beau se tortiller dans tous les sens, elle ne parvient pas à trouver l'écho. Soupçonneux, Béru glisse soudain la main sous la jupe de la jeunette et fourrage entre ses cuisses.

— Evidemment, c'est bouché, là-d'dans ! T'as encore bouffé du riz ! Je n'veux pas de constipute dans mon cours, c'est bien compris ?

Magali baisse les yeux et acquiesce, honteuse.

— Tu vas me prend' trois cuillerées d'huile de ricin tous les matins, à jeun, pendant huit jours.

Béru revient près de moi.

— Ces jeunes... On a beau leur z-y expliquer... Jean-Marie, c'est à toi.

Un grand type un peu voûté et doté d'un nez bourgeonnant prend à son tour place sur scène.

— J' t'écoute ! dit Béru.

Là, c'est un festival. Le garçon lâche une perle digne des plus grands joailliers. Son pet dure deux minutes, modulé, presque harmonique. Je crois reconnaître la musique altière du « Régiment de

Sambre et Meuse ». A la fin, c'est une ovation. Même le Gravos y va de son compliment.

— Ça, c'est du pet ! Y avait tout là-d'dans, la technique et la sensibilité. Bravo, mais si j' devrais pinailler, j'dirais quand même qu' la note finale déviait su' une touche graillonne d' mauvais aloi, Jean-Marie. J' t' conseille deux comprimés de lactéol avant chaque cours, on n'est jamais assez prudent.

Plus docte qu'un prof d'université, Béru se lève pour signifier que la leçon est terminée.

— A la s'maine prochaine, mes chers élèves. Je vous rappelle cette règ' fondamentale : plus que vous serrez l' sphinx-à-terre, plus vos pets sont aigus, plus vous r'lâcherez vot' coquelicot, plus les notes sont graves. Mais attention aux graves, c'est c'qui fait la fortune des teintureriers.

Lorsque la troupe s'est dissipée, Béru daigne enfin m'expliquer :

— Tu connais Tibère Landoffi, l' député d' ma circoncision. On est devenus potes rapport que j'y ai arrangé ses affaires. Des lavedus lu cherchaient du suif comme quoi y f'sait voter des érecteurs bidon. On m'a chargé d' l'enquête et j'ai mis en terrine [1] ses listes électorables.

Alexandre endigue ma velléité de protestation. Ses arguments sont massues.

— Attends, San-A ! Les mecs qui votent, qu'y

1. Entériner, veut dire Béru, je suppose.

soyent vivants ou morts, présents ou z'absents, ça change quoive, au bout du conte ? Toutes façons, y savent même pas pour qui y glissent le bulletin dans les burnes. D'puis, Tibère est opticien pour moi ! En remerciement d' mes services vomis [1], y m'a proposé c' job. Vingt mille par mois plus une carte du parti gratos. Alors j' m'ai fait porter pâle de la Rousse, protestant d'une grippe intestine. Tu voudrerais pas qu' je passasse à côté d'une grande carrière politique, non ?

— Et tu enseignes quoi, au juste ?

— L'espression corporelle. C't' un art dans l'air du temps. Comme je sus pas trop versatile dans la danse, la gymnastique et tous ces sports d' pucelles, j' m'ai rappelé de mon enfance. Dans c'temps, les pétomanes tenaient l'devant d'la scène. J'me souviens d'un qui t'interprétait la Marseillaise plus mieux bien que les cuivres d' la garde Républicaine. Si on y réfléchit, la pétomanie est tombée en mansuétude ! Reusement, certains hommes de devoir maintiennent la tradition. Mais ça reste confiné à la couche nuptiale. Il est temps qu'une nouvelle génération d' péteurs vienne prend' l' relais des anciens.

— Tu as sûrement raison, mon Béru.

L'Immonde entrevoit mon désarroi et son haleine de poivrot se transforme aussitôt en une bouffée d'amitié.

1. Ne voulait-il pas plutôt parler de services « rendus » ?

— Ho ! T'as pas l'air dans ton assiette, mon San-A. Attends, j' pose mon slip d' travail et on va s'en jeter un.

*

* *

On s'en est jeté plusieurs, t'avais pronostiqué, p'tit malin ! Béru commence a en avoir un sacré coup dans les galoches. Sa biture, il se l'est forgée main, toute au muscadet-sur-lie. Je l'ai escorté quant à la qualité du breuvage, mais en sautant deux tournées sur trois.

Nous avons suivi le chemin de croix de ses bistrots favoris et à chaque station Alexandre était accueilli tel le Messie. On a trinqué avec de nobles figures, patinées au beaujolais, lustrées aux anis, burinées au calva dégustation. J'adore le Paris des quartiers populaires. Il y flotte encore des relents de province. Et même si l'accent parigot est partout supplanté par le parler rebeux (ouais, ouais, tête de mort bouffon de keuf) cela n'altère en rien l'atmosphère de village. Du côté de Sousse, de Bejaia ou de Safi, on trouve aussi de bien jolis petits bleds.

Nous sommes justement attablés devant une montagne de couscous à peine moins élevée que le Djebel Mondo, le Gravos et moi. Il était temps que Bigzob éponge ses litrons de vinasse. Il s'enfile tout à tour seize merguez, deux poulets, le collier d'un agneau tout entier, ses deux épaules et son plus beau gigot, une cargaison de semoule, le tout poussé par trois litres de gris de boulaouane. Sur les légumes, en revanche, Sa Majesté boude un peu, affirmant qu'il déteste bouffer pour rien.

Repu, ventru, congestionné, il balance une myriade de rots sonnants et trébuchants qui n'est pas sans évoquer une gerbe d'étoiles filantes.

— Tu ne pètes plus ? m'étonné-je.

— Ah, non ! Ça m' rappelle le boulot.

Il s'éponge le front avec sa serviette barbouillant celui-ci de grains de couscous et de gras de merguez, pousse un soupir hautement chargé de remugles divers et avariés et me fixe droit dans les yeux. Son regard est celui d'un phacochère en rut en proie à une indigestion de fourmis géantes.

— T' sais, me dit-il, j' bois, j' mange, mais j' t'écoute.

— C'est vrai qu'il n'y a qu'avec les oreilles que tu ne te goinfres pas.

— Bon, j' résume la situation, attaque-t-il, après avoir fait signe à Mohamed d'ouvrir une nouvelle boutanche. Ton Antoine finit majordome de sa promotion et désintègre la Rousse. Bienv'nue au clube ! Pour fêter ça, y va faire l' guignol dans une partie de rave organisée par Mélanie Godemiche, une potesse à lui. Tout s' déroule sans concombre jusqu'à ce que la môme soye retrouvée scrafée dans un fossé, les légumes intimes ablationnées et les nichons taillés au scooter.

Béru marque une pause, le temps de s'expédier un glass de rosé dans le corgnolon.

— Jusque z'à présent, rien de grave, sauf pour la Mélanie, poursuit-il. Mais voilà que c't' étourdi d'Antoine a paumé su l' lieu du crime sa gapette avec son blaze écrit dessus comme sur le Port-Salut. Y t' met au parfum et tu pointes ton museau du côté de Chartres, là où ce qu'on fait un pâté de volaille et gibier dont je te recommande particulièrement. N'à propos, tu prendrerais pas une pâtisserie orientable, Tonio ?

— Sans façon, mais ne te gêne pas.

Béru se fait apporter une corbeille chargée de desserts dont le plus léger est constitué d'amandes et de fruits confits frits dans de l'huile d'arachide, enrobés de miel et saupoudrés de sucre glace. Il dévore quelques-uns de ces délices de calife avant de reprendre.

— Tu rencont' Mathilde, la belle-doche à Mélanie, une nymphowoman qui d'vrait raffoler d' mon braque, à l'occasion. Elle t'apprend que d'puis la mort d' son mari dans un accident de chiasse, sa belle-fille pétait les plombs et passait son temps à faire la java et à s' bourrer les naseaux. Le fils du contremaît' d' la ferme, un demeuré du cervelet... Comment qu'y s' blasent, déjà, ces deux-là ? Je m' souviens plus trop, j'ai dû m'assouplir quèques secondes pendant que tu racontais.

— Le père s'appelle Aimé et le fils Martial.

— Banco ! Le débilos t' lance su la chaude piste d'un certain Paco, dis-l'heure de haut viol, avec son Q.G. à Rome, la cité des Popes où-ce que tu l' traques. Antoine t'ayant filoché vous v' faites cravater par le Balafré. Comme v's' êtes pas des manches à cul, vous réussivez à lui échapper et y passe sous un autobus.

— Un tramway ! rectifié-je.

— On va pas chipoter pour si peu. Tu rent' de Rome en ayant acquéri la certitude...

L'Ignoble est saisi d'un doute.

— Ça se dit, acquéri ?

— Certains le disent, oui.

— Ce serait pas mieux acquéssi ?

— Peut-être, admets-je pour ne pas le contrarier.

Rasséréné, Béru continue.

— Tu as donc acquéssi la certitude que Paco n'a pas tué Mélanie. En revanche par cont', le cousin Nicolas était mouillé dans le trafic de dope, vu qu'y avait ciglé un big pacson recta et en liquide.

— Bravo pour cette analyse.

— Et c'est pas tout, reprend le Mastard stimulé par ce satisfecit. A peine que t'es d' retour de la cité des Dodges, Annick Hatouva, jugette [1] d'introduction, agrafe ton mouflet et lui fait passer son examen. A l'heure actuelle où nous mettons sous

1. La rime est riche avec roupette.

presse, Antoine est en cabane à la maison d'arrêt de Chartres.

— Je suis sûr qu'il est innocent...

— Moi, j't' croive, mais qu'est-ce tu veux, y paye les pots cassés par ses parents biotoniques !

Nouvelle rincette de l'arrière-gorge et Béru revient au résumé de mon enquête.

— N'ensute, avec le commissaire Roykeau bien connu des services de police vu qu'il en fait partie, vous v' rendussez chez Nicolas. L' garçon avoue avoir carmé la dette de sa cousine en chourant l' pognozof dans l' coffiot d' son père, Braquemart-André.

— Jacquemart !

— Lui-même. Seulement voilà qu' l' jeunot vous braque avec un magnum qu'était même pas de Champagne, blesse le Chartré et s' casse avec une grosse enveloppe. Là-dessuce, comprenant qu' la présence de ton Béru préféré d'venait indispensab', tu rappliques et nous sommes là, à boire de conserve pou' le meilleur et pou' le Pirée, c'qu'est la marque indébile d'une véritab' amitié.

Afin de me témoigner ladite amitié, il m'attrape par le cou, mais dans le mouvement, sa bedaine entraîne la nappe en papier et je me prends la saucière d'harissa sur la braguette. Tu pourrais croire que je viens de violer un pensionnat de vierges certifiées conformes.

L'Ineffable se morfond en excuses, selon sa propre expression, et la serveuse s'empresse de m'embarquer vers les toilettes pour réparer l'outrage à mon bénouze, elle frotte avec tant d'énergie, la mignonne, que la séance de nettoyage se termine en levrette au-dessus de la cuvette des chiottes avec ablutions finales à grands coups de chasse d'eau. A présent, la fermeture Eclair de mon futal est enrichie de nouveaux motifs qui ne sont pas sans rappeler la course de l'escargot après une longue averse. Le romantisme de la situation ne t'aura pas échappé, j'espère.

Lorsque je le rejoins, Béru est dans tous ses Etretat (comme il se plaît à le dire), Mohamed, le patron du couscous'house, vient de lui apporter le téléphone sans fil de la Casbah et le Gros s'explique avec une Berthe déchaînée. La Baleine ne lui reproche pas les treize bistrots visités pour l'apéritif, mais d'avoir effectué ce parcours du combattant sans même la convier. Alexandre-Benoît rétorque qu'elle devait aller au cinéma avec Alfred, le coiffeur. Ce à quoi Berthe réplique qu'après une livraison Darty, on n'a plus besoin d'aller au cinoche. De bonne composition, Béru admet et s'excuse platement pour ce malentendu. N'empêche qu'il ne pige pas trop pourquoi Berthaga l'a traqué jusqu'en ces ultimes retranchements berbères.

C'est là, vieille pomme, que ton San-Antonio réintègre le devant de la scène. Figure-toi que le commissaire Roykeau a tenté de me joindre cent mille fois sur mon portable, mais mon Nokia, après vérification, est plus déchargé que le dernier facteur qui s'est pointé chez Berthe. Flic jusqu'au bout des ongles de sa main valide, Nanard a fini par obtenir mon bigophone de Saint-Cloud où on lui a conseillé d'essayer chez les Bérurier.

Big Pomme me tend le combiné car sa rombière veut me causer. La voix gluante de la Vorace s'insinue dans mes esgourdes.

— Je tenais à vous informer, commissaire, qu'aussitôt après votre départ, le petit maigre a retrouvé la forme et qu'il m'a limé le derche tant et si mieux que j'ai joui du cul. V'voyez c'que vous avez raté ?

— J'ose espérer que ce n'est pas pour me narrer vos orgasmes anaux que vous vouliez me parler, très chère Berthe ?

— Méchant ! susurre-t-elle. Tu sais bien que je suis toute à toi, de fond en comble, de la cave au grenier, du sol au plafond 24 heures sur 24, 7 jours sur 7, 392 jours par an ! C'est quand tu veux où tu veux...

— Qu'a dit le commissaire Roykeau ? m'impatienté-je.

— Que vous deviez le rejoindre de toute urgence à l'hôpital de Chartres. Chambre 69, je pouvais pas oublier un tel numéro.

— Merci.

— Je vais me toucher, là maintenant, tout d'suite, rien qu'en pensant à vous, Antoine.

— Lavez-vous les mains avant ! conseillé-je en raccrochant.

*

* *

Dans la série scoumoune, mon Audi S3 bi-turbo mayonnaise que j'avais garée devant une porte casher (celle du rabbi du quartier), a été enlevée par la fourrière. Pas le temps d'aller la dédouaner chez les racketteurs de la maison Bourdille. On embarque donc à bord de la Citron de Béru, une DS 21 flamboyant neuve qui vient tout juste de remplacer sa Onze légère et légendaire.

Minuit carillonne lorsqu'on déboule à l'hosto de Chartres. La nuit y est tranquille. On ne déplore que quelques accidents de la circulation, un règlement de comptes entre beaux-frères de vin, la fracture du bassin d'un mec ayant sauté en parapente du dernier étage de son H.L.M. après avoir fumé les géraniums de sa voisine de palier. Le train-train, quoi.

Il faut montrer patte blanche pour arriver jusqu'à la piaule de Roykeau tant l'effervescence poulardine est vive en ce lieu réputé calme, paisible, mortel à l'occasion.

La paluche bandée du commissaire a triplé de volume et sans le goutte-à-goutte qui lui distille du sirop de bonheur, mon collègue jonglerait copieux. Il met quelques secondes à me reconnaître et s'attarde sur Gradubide.

— Salut, Bernard. Je te présente mon second, l'inspecteur Bérurier.

Roykeau vote au Gravos un regard admiratif.

— Alors c'est vous Queue d'âne ?

Alexandre rosit sous l'effet de la flatterie.

— Faut rien exagegérer... J'ai connu des ânes qui me dépassaient de quéques centimètres. Pas la majorité des bourricots, j' le con-fesse.

Je décide de recentrer le débat.

— C'est pour mesurer nos bites que tu nous as fait venir en pleine noye ?

Roykeau a l'œil luisant et le front perlé de sueur. M'est avis que pour l'instant l'infection mène deux à zéro contre les antibiotiques, mais on n'est qu'au début du match.

— Un nouveau crime, San-A ! souffle-t-il, exténué.

— Précise ! l'exhorté-je.

— Aussi horrible que celui de Mélanie.

Ses paroles me font un drôle d'effet. Un peu comme lorsque tu débarques en un lieu inconnu qui te semble étrangement familier.

Pour ne rien te cacher, je m'attendais à un truc de ce style. J'étais même certain que d'autres meurtres identiques à celui de la petite Godemiche allaient se produire incessamment sous peu. Tu sais pourquoi ? Parce que ce genre de crimes sordides sont toujours le fait de serial killers. Et par définition, un tueur en série ne frappe jamais qu'une seule fois.

— Raconte !

— Une jeune fille éventrée, ablation des organes, les seins lacérés, le même rituel, quoi !

— Où ça ?

— Dans un petit bois de la région. Pas très loin de la ferme du Pinson-Tournan où a eu lieu le premier meurtre. C'est le médecin de Bourg-Moilogne qui a découvert la fille. Le corps a été transporté à la gendarmerie de ce village. L'un de mes adjoints, le lieutenant Deport, se trouve encore sur place.

Mon âme est partagée entre deux sentiments. La détresse de n'avoir pu arrêter le coupable avant qu'il ne récidive et la joie à l'idée que ce nouvel assassinat innocente mon Antoine puisqu'il est au ballon.

Je souhaiterais l'opinion de Béru sur ce coup de théâtre, mais autant demander son avis à une platée de tripes à la mode de Caen. Le Goret s'est endormi sur le second lit, narines et sphincter béants, les unes et l'autre libérant le trop-plein de ses miasmes digestifs.

Je m'adresse donc à son voisin de grabat.

— Je vais m'occuper de cette nouvelle affaire, Bernard. Mais je compte sur toi pour demander au juge Hatouva la libération de mon fils dès les premières lueurs de l'aube.

— Ce ne sera pas la peine, marmonne Roykeau sans gaieté de cœur, Antoine s'est évadé hier en début d'après-midi.

Deuxième Partie

SUZIE

Chapitre sceptre

(où Antoine se révèle être le roi de l'évasion)

Petit retour en arrière de quelques heures...

Peu après le départ de son père du palais de justice, une fourgonnette de police vint prendre livraison d'Antoine pour le transférer à la prison de la rue des Lys.

Junior était abattu. Il refusait ce sort qui s'acharnait contre lui. Tout en descendant l'escalier de marbre, encadré, menotté, infamé, [1] il réalisa que l'esprit san-antonien circulait dans ses veines en lieu et place d'un sang dont il reniait l'origine. Il repéra le seau et la serpillière abandonnés par une personne de ménage convoquée de toute urgence aux cagoinsses pour cause de melonite aiguë, et se prit volontairement les pinceaux dedans.

1. Mes pairs de l'Académie se tâtent encore pour accepter ce terme. Mais comme il n'y a pas grand-chose à tâter...

Sa chute fut spectaculaire. Il déboula un demi-étage tête par-dessus cul, cul par-dessus tête.

« Ce serait un cas rare que sur ce marbre le prisonnier ne se fût pas rompu le cou... » songea l'un des flicards, plus intelligent que la moyenne des moyens.

Pas le cou, pas le nez, pas le bec, alouette, mais la cheville. C'était un moindre mal. San-Junior souffrait d'une vive entorse et paraissait incapable de marcher.

On fit venir une turbulence diesel pour l'emmener à l'hôpital. Aux urgences, un interne demanda d'un ton pète-sec qu'on retirât les menottes au blessé. On allongea Antoine sur un chariot et le laissa poireauter selon l'usage une demi-plombe dans un couloir fraîchement repeint à la pisse de malades. Personne ne s'occupant de lui, Junior eut envie de se dégourdir les guibolles et s'aventura sans boitiller la moindre dans la salle des ambulanciers.

Il enfila une blouse blanche qui traînait sur un siège et poursuivit sa déambulation.

Devant la porte des admissions, les policiers grillaient peinardement des clopes pour tuer le temps, comme si le temps ne nous tuait pas assez ! Ils n'avaient pas à s'inquiéter : pour sortir des urgences, le prévenu était obligé de passer devant eux.

C'est exactement ce qu'il fit, quelques instants plus tard, au volant d'une ambulance, pin-pon et girophare en batterie.

« Encore un carton sur l'autoroute A 10 ! » songea l'un des flicards moins intelligent que la moyenne des moyens.

Se référant aux panneaux indicateurs, Antoine se rendit à la gare de Chartres, rangea ostensiblement son véhicule en double file et courut acheter un billet pour Paris qu'il composta en toute hâte car le train n'allait pas tarder à démarrer. Il grimpa dans un wagon désert, retira sa blouse, la fourra sous un siège en laissant dépasser un long pan. Puis il ressortit par la porte côté voie et se fondit dans la nature.

Toute la volaille du cru penserait ainsi qu'il avait regagné la capitale. Ce n'était pas dans ses projets. Il voulait retourner dans les plaines de Beauce où son instinct l'attirait.

Comment se déplacer rapidement sans attirer l'attention ? Le train, le car, la location de voiture lui étaient interdits. Voler une bagnole ? Pourquoi pas ? Il avait parcouru en cachette le dossier de ses parents biologiques. Eux, n'auraient pas hésité à braquer une caisse. Mais Junior se voulait différent. C'était son obsession.

En passant devant un magasin de sports il eut la révélation.

*

* *

Il est une plombe du mat' lorsqu'on arrive à la gendarmerie de Bourg-Moilogne, le Gravos et moi.

Le lieutenant Deport nous accueille, prévenu qu'il était par son chef, suivant l'admirable tournure mise au point par Thierry Toutafait. Le gars se fend d'un salut militaire que Béru, pas encore débeurré, lui rend en fourrant un doigt dans sa braguette.

Nous arrivons à point nommé car les mecs de l'Identité judiciaire sont en train de charger la victime dans un fourgon.

— Aucun papier, vêtements anodins, visage, seins et ventre saccagés, la fille ne va pas être facile à identifier ! explique Deport.

— Le visage aussi ? m'étonné-je. Ce n'était pas le cas de Mélanie.

— Cette fille s'est débattue. L'assassin lui a écrasé la tête avec une grosse pierre.

Il se tourne vers ses sbires.

— C'est bon. Vous pouvez embarquer le corps.

— Un instant ! crié-je.

Crois-moi, le spectacle de ce cadavre atrocement mutilé ne sera jamais monté au Casino de Paris. Je dois mobiliser tout mon courage et endiguer une gerbe véhémente pour le contempler. Un détail attire mon attention : la couleur des cheveux de la victime. Malgré l'obscurité ambiante, la boue et le sang qui la souillent, la chevelure de la fille s'impose dans des dominantes rousses. J'observe son visage. Un Picasso sanguinaire lui a refait le portrait. On ne sait plus où se trouve l'œil gauche par rapport à la bouche, au nez et à l'autre œil.

Surmontant ma répulsion, je fais basculer la morte sur le ventre et soulève les lambeaux de sa jupe pour découvrir ses fesses. J'attrape la torche d'un des policiers et en braque le faisceau sur le haut de la cuisse droite.

« Bingo ! » m'exclamé-je en aparté, ce qui ne fait guère de bruit.

Cette tache de vin ressemblant à l'Australie en miniature, je l'avais remarquée tandis que la gamine grugeait le mollusque de sa patronne.

La suppliciée n'est autre que Suzie, la petite bonne de la ferme du Pinson-Tournan. Mais cette info, je la garde pour ma pomme, jusqu'à nouvel ordre.

*

* *

L'adjudant Delait nous a concocté un café de première bourre. Outre trois grains d'arabica, il a fait bouillir les chaussettes de la gendarmerie, plus un ou deux caleçons, pour renforcer le côté robusta. On s'extasie. Béru, refaisant surface, réclame un coup de gnole. Panique à bord. L'alcool est théoriquement prohibé en ces murs. Mais un gendarme se remémore une saisie chez un bouilleur de cru pas trop franc du collier et fonce à la cave.

Dix minutes plus tard, le Mastard est à nouveau pété comme un coing et moi j'entreprends le lieutenant Deport. Parce que j'ai besoin de consigner les éléments d'une enquête pour bien m'en pénétrer, je les note de façon lapidaire sur l'un de mes petits carnets. Je t'ai déjà parlé de cet inépuisable stock qu'on a retrouvé dans le grenier, Félicie et moi, après la mort de papa. On n'a jamais su à quoi pouvaient lui servir ces calepins, surtout par caisses de cent ! Un jour ou l'autre, un journaliste plus naleux que les autres les décrétera « culte », ces carnets où j'aurai griffonné les bases de ma modeste prose. Aujourd'hui, ce qui survit plus de trois mois dans la mémoire connective est baptisé « culte ». Série culte, chanson culte, film culte, tout est culte, mêmes les troudus.

— L'heure du crime ? bille-en-tété-je.

— Selon le toubib, lorsqu'il a découvert le corps, la fille venait tout juste de mourir. Mais comme c'est un alcoolique notoire, il faudra attendre l'avis du légiste, récite Deport en flic consciencieux.

— L'heure de la découverte ?

— 18 h 30.

— Donc bien après que Nicolas eut tiré sur votre patron et se fut enfui ?

— Sans vouloir me glorifier, commissaire, je me suis tenu le même raisonnement.

— Aucune piste, de ce côté-là ?

Deport fait la moue.

— Rien ! Le 4 × 4 du fuyard n'a été signalé nulle

part. C'est comme s'il s'était volatilisé au milieu de la Beauce.

Centrer ! Toujours centrer ! Au foot, au rugby et dans une enquête. C'est dans le noyau que se trouvent les forces vives d'une cellule, d'un jeu, d'un être.

— Revenons à hier soir, centré-je-t-il donc. Le médecin du village découvre le cadavre de la fille dans un petit bois. Bien. Que faisait-il dans ce petit bois ?

— D'après ses déclarations, une envie pressante l'a poussé à s'arrêter, précise Deport. Ce bosquet est le seul entre Chartres et Bourg-Moilogne. Il a été baptisé « gratte-merde » par les autochtones.

— Je vois. Le toubib s'arrête, dégrafe son bénouze... et après ?

— Des phares l'aveuglent, surgissant du néant, poursuit le lieutenant avec un sens incontestable de la dramaturgie. Un véhicule qui déboulait de l'intérieur du bois a obligé le médecin à plonger dans les broussailles.

— Vous avez relevé des traces de pneus ?

— Rien de significatif. Le sol est gelé et marque peu... A mon avis, c'est l'assassin que le docteur a croisé.

Je hoche la tête, pensif.

— Oui. A moins que ce médecin ait menti. Où est-il ?

— Chez lui, suppose le flic, commençant à déconfire.

— Vous l'avez laissé repartir ?

— Eh bien... Il a reçu un bip d'urgence... Ce toubib exerce dans la région depuis vingt-cinq ans... Je lui ai demandé de venir faire sa déposition demain matin au commissariat de Chartres.

— Vous avez bien fait, admèche, car il m'arrive parfois de ne point être cruel.

Manière de me certifier son allégeance, Deport m'aide à charger Béru à l'arrière de sa poubelle et me fournit l'adresse du médecin témoin. Tandis que je m'installe au volant du tas de boue, je pose au jeune flic la question qui me taraude.

— Dites-moi, lieutenant Deport, vous vous prénommez Franco, j'espère ?

— Affirmatif, commissaire ! dit le type en rosissant d'émotion. Comment avez-vous su ?

— Une intuition.

*

* *

La baraque du toubib est une fermette de briques et de broc située à la sortie de la bourgade. Sur l'un des pilastres (en pierre ponce) une plaque de cuivre mentionne : « Docteur Albert Collot (Al, pour les intimes) Ex-interné de la Faculté de Setaire. »

Le portail n'est pas fermé, aussi le poussé-je et m'aventuré-je dans le jardinet. J'ai préféré laisser Béru sur la touche. A demi éveillé, le Goret effectue des gammes sonores et odorantes qui, grâce à une déchirure judicieusement disposée dans le fond de son pantalon, marquent au pochoir les banquettes surmenées de sa vieille Citroën.

J'avale les trois marches du perron d'une seule foulée. Je m'apprête à presser la sonnette mais constate que la porte d'entrée de la cagna est plus ouverte qu'une moule explorée par l'appendice du Gravos. Pareille circonstance ne me dit rien qui vaille. Je dégaine mon feu et progresse dans la maison à la seule lueur de la mini-torche planquée dans la poche revolver de mon slip. Je parcours un bref corridor, une salle d'attente habitée par un philodendron galeux et la reproduction d'un clown de Buffet à peine meilleure que l'original, puis je pénètre dans le cabinet médical.

Et là, mes enfants, je suis accueilli par un squelette vert fluo qui m'arrache un gloussement de stupeur. Je tâtonne à la recherche de l'interrupteur et donne la lumière. Spectacle grand-guignolesque, le corps du toubib se trouve debout, coincé à l'intérieur d'un appareil de radioscopie remontant aux premières règles de Marie Curie.

Je manœuvre l'engin pour dégager le cadavre qui s'effondre à terre, récupérant une position plus confortable pour un macchabée. Je le pubodorais, Al Collot est le médecin qui pansa naguère le museau de Nicolas escagassé par mes soins. La mort a transformé la couperose de ses joues en une horrible mantille verdâtre. En guise de cadeau

Bonux, une hache fend son crâne en deux comme une bille de bois. Je ne peux m'empêcher d'évoquer Martial, le fils du contremaître de la ferme où officiait Suzie, frappant tel un mulet à grands coups de cognée. Seulement tu l'imagines, toi, ce Gol, installant sa victime derrière la plaque de la radioscopie ? Ce genre de mise en scène est l'œuvre d'un sinoque, sans doute, mais pas d'un débile.

Je musarde dans le cabinet sans dénicher d'indice intéressant. L'assassin a manifestement pris soin d'effacer toutes traces de son passage. Un clignotement rouge attire mon attention. Il provient d'un répondeur. Un seul message, émis à 18 h 55, soit moins d'une demi-heure après la découverte du corps de la fille par le docteur. L'annonce du toubib signale que l'appel sera relayé sur son bip. Puis une voix nasillarde se fait entendre : « Ici, les pompiers de Verneuil-Debronze, on vous amène un type qui s'est fracturé le bras en tombant d'un fraisier ». Sur le mort, je dégotte le bip et le numéro de cet appel. Il ne me faut pas plus de trois minutes pour découvrir que le coup de fil n'émanait pas d'une caserne de sapeurs, mais d'une cabine téléphonique plantée à moins de cent mètres de chez le Dr Collot.

Je sors mon inéluctable calepin et note mes premières conclusions. De toute évidence, le médecin a croisé la voiture de l'assassin de Suzie. Cet assassin l'a vu et a craint d'être reconnu. D'où ce coup de fil pour l'éloigner au plus vite des flics.

Une pensée me hante. Le toubib connaissait-il la rouquine ? En farfouillant dans ses dossiers, je découvre que la petite bonne le consultait régulièrement depuis plusieurs mois. Est-il possible que Collot ne l'ait pas identifiée ? L'ivresse perturbe les réflexes et la réflexion, mais pas le sens de l'observation !

Alors pourquoi n'a-t-il pas révélé aux autorités le nom de la jeune fille ? Comme moi, pour garder une longueur d'avance sur les flics ? Ou pour négocier avec celui ou celle qu'il estimait coupable de cet horrible meurtre ?

Un entretien avec la pétulante Mathilde s'impose, non ?

Chapitre huître

(parce qu'on est dans les mois en « r », Bébert)

Cette fois, la bétaillère de Béru est devenue irrespirable, signe qu'il a recouvré toutes ses facultés.

Avant de quitter l'habitacle, il palpite des narines, dubitatif.

— J'croive que j'sus tombé sur un pois chiche pourri ! affirme-t-il.

— C'est ta ventraille qui est pourrie, gros sac ! tonné-je en m'extrayant de sa guinde.

— Possib', admet-il loyalement.

Il fait quelques pas dans la cour, broyant les gravillons sous son tonnage. Une lune gibbeuse et froide comme un clitoris de Lapone darde des rayons blêmes sur le magnifique ensemble de la ferme du Pinson-Tournan.

— Putain ! éructe le Mastard, elle sent pas

l' pâté, cette turne. C'est Berthaga qu'apprécillerait de viv' dans un décor commac !

— Ni coiffeur, ni livreur, ni taureau ! Elle se ferait tarter, ici, ta Gravosse.

Quelque part dans les viscères d'un bâtiment, un corniaud se met à aboyer. « Ta gueule ! » lui intime la voix de son maître. Comme le clébard persiste dans ses vociférations, deux ou trois coups de fouet le rangent à la raison : « kaï-kaï-kaï !!! ».

Brouhaha bienfaiteur que nous mettons à profit pour crocheter la serrure de la maison principale. Inutile de sortir de Polytechnique pour piger que la baraque a été sérieusement visitée. Pas un siège qui ne soit éventré, pas un objet qui ne soit réduit en morceaux minuscules, pas un tableau qui n'ait été démonté, lacéré. Attila en personne aurait jugé ce saccage « hun peu *too much* » !

— Quel bordel ! grommelle l'Ignoble, en avisant les décombres.

Je te rassure tout de suite, on ne dégauchit aucun macchab sur place ! Mais j'ai franchement du mal à entraver ce que venaient faire ces vandales dans la maison de Mathilde. La mort de Suzie est-elle liée à cette razzia ? Il y a un truc qui m'échappe...

Poussé par son instinct de retriever, Alexandre-Benoît déniche une boutanche de vodka échappée au massacre. Il la déponne et s'en octroie une forte lampée (d'où ça ?)

— Pouah ! Dégueulasse et tiédasse...

— Attends, le réconforté-je, je vais essayer de trouver deux verres et des glaçons.

La cuisine devait être plutôt smart, mais il n'en reste plus grand-chose. L'évier a été descellé, la cuisinière évidée, la porte du frigo désossée. Pour la glace, on est chocolat. Le frigidaire martyrisé est en plein dégivrage. Je jette machinalement un œil à l'intérieur. Trois tranches de jambon en perdition, un croûton de gruyère qui lance des S.O.S., deux rafles de raisin racornies et une cannette de bière éventée... le tout ruisselant de flotte. Je vais pour rebrousser vers le salon lorsque mon regard tombe sur le compartiement freezer. Les glaçons ont fondu dans les deux bacs. Je les vire sans ménagement car il me semble que dessous...

Je grattouille du bout des ongles et racle un rectangle de bristol glissé dans une pochette de plastique souple.

Je secoue le tout au-dessus de l'évier et fais signe à Béru de rappliquer.

— Viens voir, Gros !

Il contemple la photo d'un œil atone qui s'enlubrique à vitesse grand V. L'image montre Mathilde, nue, à quatre pattes, tandis que son neveu Nicolas dans le même appareil la chevauche à la cosaque.

— Voilà ce que cherchaient les mecs ! ricane Béru. Et si y z'avaient pas niqué l' frigo, on n'aurait pas trouvé non plus !

La gravité de mon faciès enraye la jubilation de l'Immonde.

— Réfléchis, A.-B.B., pas les mecs, le mec ! Qui avait intérêt à retrouver ce cliché ?

— Nicolas ! reconnaît le Pachyderme qui débiture aussi vite que son ombre.

— Banco ! Il était l'amant de la seconde femme de son oncle...

— Et joliment même, apprécie Bérurier en contemplant à nouveau la photo. Moive, j'y aurais trituré le berlingot putôt qu'de laisser traîner ma pogne sur l'plumard. M'enfin, on peut pas tout savoir à c't'âge-là.

Je ne me laisse pas démonter par les digressions de l'Ineffable.

— Mélanie les surprend, les photographie. Elle montre le cliché à Nicolas avant de le planquer dans le freezer. A partir de ce moment le cousin doit en passer par ses quatre volontés, sinon elle balance tout à Jacquemart-André. C'est sous cette pression que Nicolas a dévalisé son père et payé la drogue à Paco-le-Balafré.

— Je dis pas le contraire, poursuit Verrat-Cruz, obsédé par la photo, n'empêche que moive j'y aurais mis un doigt dans l'oigne, à la belle-mère, ça agrémente.

Un bruit de moteur puissant et velouté met fin à nos enculubrations. C'est Mathilde qui rapplique à bord de sa Lamborghini. Je l'accueille sur le pas de la porte. Elle est à peine surprise de me voir au milieu de la nuit.

— Bonsoir, madame Mathilde, dis-je en la gratifiant d'un baisemain entre moelleux et liquoreux.

— Il y a un problème ? se rebiffe-t-elle.

— Vous avez déjà vu des flics venir en pleine nuit annoncer de bonnes nouvelles ? lui soufflé-je à l'oreille.

En guise de réponse, je lui plante le cliché compromettant devant les yeux.

— La petite garce, elle nous épiait.

— Et elle faisait chanter Nicolas. Vous aussi, je présume ?

— Jamais, je fais ce que je veux de mon cul et elle le savait bien.

— Nicolas est donc votre amant.

— Etait ! rectifie la femme. Il ne l'est plus depuis la mort de mon mari.

— Pour quelle raison ?

Elle hésite à peine.

— Parce que ce petit con l'a assassiné !

— Z'en n'êtes sûre et certaine ? réagit Béru, jaillissant de l'ombre.

Mathilde est déstabilisée devant ce gnafron concupiscent.

— Il voulait que l'on vive tous les deux, mais moi, je ne tenais pas à quitter mon mari, réplique-t-elle. Alors, quand Léonard a été tué au cours d'une partie de chasse, je me suis dit que...

Ça coince au niveau de la confession. Un petit coup de pouce me paraît indispensable.

— ... que Nicolas avait flingué son oncle ?

— J'en suis persuadée et je n'ai plus jamais eu de rapport avec lui.

— Cet après-midi, où étiez-vous ? questionné-je.

— A Metz !

— Quelle idée ? s'étonne l'Innommable.

— Voir ma mère. Le directeur de l'hospice m'a fait prévenir qu'elle était au plus mal.

Je flaire instantanément l'arnaque.

— Et votre mère se portait comme un charme ?

— Un vieux charme, mais elle se portait bien, admet Mathilde.

— J'ai pigé ! braille Béru en se grattant les roustons, signe chez lui d'une proche miction. Nicolas vous a éloignée pour fouiller la casbah et récupérer la photo. Mais il a fait chou blanc.

— Comment ça ? s'inquiète la femme, nous bousculant pour investir sa maison.

Je juge le moment prématuré et j'endigue sa fougue.

— Et Suzie, où était-elle aujourd'hui ?

— Le mercredi, c'est son jour de congé. Elle en profite pour faire du jogging.

— Où ça ?

— Du côté du petit bois. Pourquoi ?

Un bruit de cataracte captive son attention. Elle

pousse un cri d'or frais en avisant Béru soulageant sa vessie contre la porte d'entrée.

— Non, mais je rêve ! Ce gros porc est en train d'uriner sur mon perron !

— Oui, mais si, vous voyiez avec quoi, Mathilde ! plaidé-je.

Folle de rage, elle se précipite, découvre la chopine du Gravos et tombe à genoux devant.

— Oh ! mon Dieu, la belle lance ! Permettez que je l'engame ?

— C'-t-à-dire qu' j'ai pas t't' à fait fini.

— C'est pas grave... glllblllglll ! rétorque la nymphe, gargouillant mieux que la fontaine Trevi.

*

* *

Tout debout sur le perron, qu'il emmanche la Mathilde, mon Béru. Il a juste fait glisser son grimpant et l'effroyable calbute qui colle après, entre jambons et jambonneaux, à la pliure des genoux.

Il faut une fois dans sa vie avoir vu le dard de Sa Majesté coulisser dans la foune d'une donzelle pour bien comprendre le rôle du piston dans le cylindre d'un moteur à explosion.

Ce spectacle devrait être inscrit au programme des écoles de mécanique appliquée.

Jupaille et chemisier retroussés en bourrelet sous le cou, Mathilde hurle de plaisir et ses beuglements se répercutent dans la cour carrée.

— Vvvvvvvvouiiiiiii ! s'égosille-t-elle. Casse-moi le cul ! Défonce-moi ! Pète-moi le prose ! Fais-moi éclater la charnière...

— T'en veux ? gronde le Mastard. Tu vas en avoir, salope !

— Tu le sens comme le con de la rivière poisse ? insiste la fulminante fermière, grande amatrice de David Lean au demeurant.

Béru grasdouble d'ardeur. Je crains même que son membre démesuré ne traverse l'abdomen de sa partenaire. Mais elle est souple, Mathilde, et sa viandasse intime a déjà connu d'impitoyables outrances.

— Tu voyes, me jette un Béru extatique, c' qui m' fait surtout bander avec c'te bourgeoise, c'est l'impression d' jouer un remarque d' l'Amant de Lady Châtelet !

Quelque part dans la ferme, le corniaud se remet à aboyer et une lumière s'éclaire au premier étage du bâtiment nord. Les mugissements de la mère Godemiche s'intensifiant autant que les grognements porcins du Gravos, je m'éloigne discrètement de ce lieu de turpitudes.

Mes pas m'emmènent vers la loge où s'entasse le bois pour l'hiver. Je bascule le bouton d'un commutateur gros comme un mamelon de Berthe et la lumière est. Il a dû s'acharner sur son billot, le Martial, car la pile de bûches s'est allongée d'au moins dix mètres depuis ma première visite. Un bon ouvrier a toujours de bons outils, me répétait

Félicie quand, écolier, je rongeais mes crayons et déchiquetais mes gommes. Alors Simplet doit être un bon bûcheron car ses haches sont parfaitement entretenues. Manche ciré, cognée huilée, elles sont alignées par rang de taille contre le mur en une impeccable panoplie. L'une des haches, la seconde en partant de la plus petite, brille par son absence, comme l'écrivait si joliment un auteur à insuccès dans son dernier roman consacré à Sainte-Thérèse-du-Bouddha.

J'ai la certitude qu'elle se trouve actuellement fichée dans le crâne du toubib de Bourg-Moilogne.

Une bise glaciale souffle sur la plaine, me portant les échos de la joute salace qui se déroule sur le perron. Avis à la copulation, Mme Mathilde n'est pas loin du fade. Ses gémissements sont ceux d'une laie voyant son fils aîné devenir marcassin Grand Veneur.

Je cligne des paupières car une bourrasque plus virulente que les autres m'a expédié une brassée de paille et de poussière au visage. Je constate que cette paille s'échappe de sous l'immense porte à double battant d'une grange. Je l'ouvre. Le vent, en s'engouffrant envoie claquer un vantail contre le mur tandis que l'autre se rabat violemment sur moi.

J'évite la charge et peine à fixer les deux battants avec les crochets étudiés pour. Je dégotte le second mamelon de Berthe (on s'en fout d'attraper l'aréole), et allume une rampe de néons chassieux et chiasseux.

Ce local sert à entreposer les gigantesques rouleaux de paille concoctés par les moissonneuses modernes, terminators agricoles capables de rouler un arpent de céréales comme un vulgaire paillasson. Un truc me frappe illico, l'une de ces colossales bobines, celle d'où s'évadent les fétus qui ont attiré mon attention, a été déplacée. Elle se trouve très en avant des autres balles.

Tu comprends que l'envie me prenne de voir ce qui se passe derrière ? Seulement, ce n'est pas avec une fourche que tu déménages la paille, aujourd'hui. D'antan, les costauds du village soulevaient à bout de bras des gerbes plus lourdes qu'eux. O tampax ! O morback ! comme dit le proverbe.

C'est à l'aide d'un fenwick, bon petit diable des temps modernes, que je manœuvre le rouleau. Et là, devine ce que je découvre derrière, bien nichée entre les autres meules ? Un 4 × 4 japonouille, celui-là même qui permisit à Nicolas de nous faussasser compagnie hier après-midi ! Le lieutenant Franco Deport se trompait. Ce véhicule ne s'est pas volatilisé, il s'est empaillé.

Comme je ressors de la grange, la gueule d'un fusil de chasse s'applique contre mon front. Le canon de l'arme est suivi d'une crosse, elle-même pourvue d'une détente sur laquelle un doigt est crispé. Ce doigt appartient à une main prolongeant un bras relié à un tronc assez logiquement surmonté d'une tête qui ne m'est pas inconnue.

— Bonsoir, Aimé, articulé-je.

— Vous, commissaire ?

— Moi.

Le contremaître abaisse son arme et pousse un long soupir.

— C'est pas une heure pour visiter une ferme...

— Il n'y a pas d'heure pour ce genre de découverte, dis-je en lui montrant la japonaiserie-quattro. Donnez-moi votre fusil.

Avant de me tendre sa carabine, Aimé la casse pour me montrer qu'elle n'était pas chargée. J'apprécie le détail à sa juste valeur.

— Je crois qu'une explication est nécessaire, mon vieux. Que fait la voiture de Nicolas dissimulée sous ces tonnes de paille ?

N'importe quel mec accablé, t'as remarqué, baisse la tête. L'humain partage avec la bête de somme l'art de courber l'échine quand une force s'impose à lui.

— Monsieur Nicolas savait la vérité...

— A propos de quoi ?

— De la mort de son oncle.

— Léonard ? Le mari de Mathilde ? le harcelé-je.

Aimé ne peut réprimer un sanglot.

— La balle qui l'a tué, c'est Martial qui l'a tirée ! Accidentellement, bien sûr. Il m'avait chipé mon fusil. Il voulait participer à la battue...

Le type s'accroche à mon revers, le visage inondé de larmes.

— Martial est un garçon costaud. Il ignore que

son mental n'est pas à la hauteur de ses muscles ! Si les flics avaient su... ils l'auraient fait interner. Je ne voulais pas qu'on me le prenne ! Sa mère nous a quittés le jour où elle a appris qu'il n'était pas tout à fait normal. Il est heureux avec moi, je vous assure !

D'un geste ferme mais courtois, je me dégage du contremaître.

— Calmez-vous, Aimé. Personne ne vous retirera votre gosse, je vous le promets ! Seulement... il faut que vous m'aidiez !

— Je suis prêt à tout pour garder mon fils, lâche-t-il, la gorge nouée.

L'homme me regarde. Je sens qu'il est sincère.

— Après avoir caché le 4 × 4, vous avez prêté votre voiture à Nicolas ?

Aimé hoche son pauvre visage en signe d'assentiment.

— Quel type de véhicule ?

— Une Clio blanche.

— Je commence à comprendre... Nicolas vous tenait, et vous avez été obligé de lui obéir.

L'insurgeance [1] du contremaître est telle qu'il me saute à la gorge.

— Je vous interdis de proférer de pareilles ignominies ! hurle-t-il.

Je suis contraint de lui aligner une tarte pour le ramener à la raison. Il se confesse alors complet. Il

1. Les Agagadémiciens ont paumé ce mot dans l'oubliette de leur mémoire. Désolé !

est formel, je fais fausse route. Nicolas n'a jamais exercé de pression sur lui, bien au contraire. S'il avait dénoncé Martial, il se serait innocenté aux yeux de Mathilde et ne l'aurait pas perdue pour toujours. Mais jamais ce jeune garçon n'a eu la tentation de trahir le secret. « Je le connais depuis qu'il est haut comme ça. C'est un garçon bien. »

— Il a quand même tiré sur un flic, objecté-je.

— Il était terrorisé à l'idée que son père puisse découvrir sa correspondance.

— C'est ce qu'il emportait dans sa grosse enveloppe ?

— Les lettres de Mathilde, oui. Personne ne les retrouvera jamais. Je les ai brûlées moi-même. Maintenant, vous pouvez m'arrêter, commissaire, mais je vous jure que je n'ai jamais rien fait de mal. Et mon Martial encore moins, à part une maladresse avec mon fusil.

Sautant du coq à l'âne, je demande à Aimé où pourrait bien se trouver la hache manquant à la collection.

— Il y a longtemps que je l'ai prêtée.

Il regrette aussitôt d'avoir mouftė trop vite.

— Prêtée à qui ? insisté-je.

— A Nicolas, l'hiver dernier.

Un cri de jouissance éperdue traverse la cour, déchiré, suppliquant, magistral, prolongé d'un râle interminable de goret égorgé. Il ne fait pas dans la dentelle, mon Béru, quand il prend son panard.

*
* *

C'est à bord du 4 × 4 nippon-ni-mauvais de Nicolas que nous nous rendons au château de la Vieille-Nave, la limousine du Gravos ayant refusé de démarrer pour cause de froidure.

— Tu voyes, me dit Béru en s'étirant sur le siège passager, les deux victimesses sont des filles d' la campagne. A mon avis, on a z'affaire à un céréales killer[1].

— D'accord avec toi, opinel-je. Avec une nuance, cependant : les serial killers frappent une catégorie de filles bien précise, mais au hasard. Ici, le meurtrier s'acharne sur un même microcosme. Comme s'il voulait punir les femmes de son entourage.

— Pas d'accord ! réfute le Mastard. Au cours durant la partie d'rave, le céréales killer repère la Mélanie. Il la massac', mais il a également aussi flashé sur la Suzie. Y r'vient hier pour lu' faire sa joie d'viv ! Logique !

— Illogique ! laguiolé-je, ce qui est le contraire d'opineller. Suzie se trouvait aux Seychelles le soir de la rave-party. Or, celui ou celle qui l'a tuée savait que le mercredi la rouquine allait faire son jogging vers le bois Gratte-Merde.

— Conclusion ?

1. Dans son érudite méconnaissance de l'anglais, Alexandre a confondu « sérial » et « céréale ». Mais il m'a offert le titre de ce remarquable ouvrage. Merci Béru !

— On va réveiller Jacquemart-André.

— L'dab à Nicolas ? questionne Béru. Tu penses que...

— Je pense qu'il sait peut-être où se trouve son fils.

— Et toi ? Tu sais au moinsse où c' qu'y s'trouve, le tien ? fait cruellement l'Implacable.

*

* *

Nous pénétrons phares éteints dans la cour d'honneur gravillonnée du château. Tout est calme, sombre et serein. Il me semble apercevoir une lueur furtive faisant miroiter un instant l'une des lucarnes au dernier étage de la bâtisse.

— Tu as vu ? demandé-je à Béru.

— Quoi t'est-ce ?

L'effet de mon imagination ? Un éclat de lune ou d'étoile polaire sur une vitre ?

— Rien, Gros, une vague impression.

On tambourine à la porte principale. Tu me feras remarquer qu'à trois plombes du mat', on se situe bien en deçà et delà des heures légales. Mais la légalité de mes actes m'importe moins que leur légitimité.

D'ailleurs Jacquemart-André, en pyjama de soie, nous accueille à bras ouverts. Il dégaine sur-le-champ une bouteille d'Armagnac d'un millésime remontant à Napoléon III. Inutile de te dire que

Sa Majesté est sensible à cet honneur rendu tant à son ascendance[1] qu'à son alcoolisme chronique. Ça trinque tous azimuts. Mieux vaut donc poser les questions pendant qu'on peut encore espérer des réponses.

— Mon cher Godemiche, sais-tu que Suzie, la bonne de Mathilde est morte ?

— Sida ! pronostique le châtelain-fermier.

— Et le docteur Collot aussi.

— Cirrhose !

— Assassinés ! Tous les deux ! Et peut-être par ton fils.

Cette fois sa désinvolture s'effrite comme un mur belge. Il s'attrape la tête à deux mains.

— J'étais sûr qu'il s'était embringué dans un mauvais coup, soupire-t-il.

Béru lui tend son glass.

— Tiens, mec, bois ! C'est pas quand on a des soucis qu'y faut s'arrêter d' picoler.

J.-A. avale une gorgée, machinalement.

— Il vaut mieux que je déballe mon sac, dit-il d'un ton pitoyable.

— On t'écoute, l'incité-je.

— La rumeur court que Nicolas a tué mon frère Léonard, mais à mon avis quelqu'un le tient et le fait chanter. C'est pour ça qu'il a piqué dans mon coffre.

1. N'oublie pas le sacre de Béru dans l'inoubliable Napoléon Pommier !

— Et qu'as pas porté plainte ? poursuit Alexandre-Benoît.

— Exact. Ça expliquerait aussi pourquoi il s'est enfui après avoir tiré sur votre collègue.

Je laisse passer un ange dont le vol est délicatement escorté par une escadrille de la Louf-tant-que-ça signée Béru.

— Il est vrai que Mélanie exerçait une pression sur ton fils et c'est pour régler un deal de coke qu'il lui a refilé ton pognon. Mais ce n'est pas lui qui a tué ton frère, ni volontairement, ni même accidentellement.

Requinqué par mes paroles, Jacquemart-André brandit son verre et lance son fameux cri de ralliement.

— Ça s'arrose !

— Santé ! brame le Gravos.

Moi, comme se plaisait à le souligner ma grand-mère paternelle quand j'ai quelque chose dans la tête, je ne l'ai pas ailleurs.

— As-tu une idée de l'endroit où pourrait se cacher Nicolas ?

— Pas la moindre. Il a beaucoup de relations, mais pas d'amis. Je crois que le seul type sur qui il puisse compter, c'est Aimé. A part moi, bien sûr.

— Si par hasard il te contactait, hasardé-je, tu me préviendrais ?

Le colosse éclate de son rire tonitruant.

— Bien sûr que non ! Tu ne me vois quand même pas balancer mon propre fils, même si c'est un petit glandeur ? Non... Je lui conseillerais de se constituer prisonnier avant de commettre l'irréparable.

— S'il ne l'a pas déjà commis, souligné-je perfidement.

— Non. Nicolas n'est pas un tueur. Avec son adresse, s'il avait voulu vous descendre, Roykeau et toi, ça ne faisait pas un pli.

— A quelle heure es-tu rentré de Paris, hier ?

— Vers 20 heures.

— Tu es passé par l'autoroute ?

— Evidemment.

— Tu dois pouvoir présenter le ticket de péage, alors ?

Il hausse les épaules.

— J'en sais rien. En général, je le balance.

Je tords le naze.

— Après mon coup de fil t'apprenant que Nicolas avait tiré sur un flic, tu n'es pas rentré précipitamment ? m'étonné-je.

— J'ai appelé le préfet, répond Jacquemart, d'un ton indolent. C'est un copain. J'ai rendez-vous demain matin avec lui pour évoquer l'affaire.

— En rentrant, tu n'as rien remarqué de spécial, du côté du bois Gratte-Merde ?

— Si. Une voiture de gendarmerie.

— Ça ne t'a pas étonné ? le harcelé-je.

— Pourquoi ? Dans la maréchaussée on chie comme tout le monde.

— Je te trouve bien peu concerné par ce qui se

passe autour de toi, maugréé-je. Ça ne t'intéresse pas de savoir comment Suzie est morte ?

— Pas spécialement.

— Eventrée ! comme Mélanie.

— C'est son problème...

Godemiche liquide son verre cul sec et me sourit.

— Je vais te faire une confidence, San-A, depuis la mort de ma femme, les événements glissent sur moi mieux que l'averse sur le plumage d'un canard.

Jacquemart-André affiche brusquement un impressionnant coup de bambou. Son faciès devient livide, ses mains tremblent et son corps est animé d'incontrôlables vibrations. Idem notre premier entretien.

— Dis donc, y tient pas le litre, ton pote ! s'indigne Béru.

— Epilepsie.

Je cherche dans les poches de Jacquemart et trouve sa tablette de médicament. L'ayant vu faire par son fils, je lui fourre trois pilules dans la gueule et presque aussitôt son agitation s'apaise.

— Normalement, il va récupérer, expliqué-je au Gros. Tu le veilles. Moi, je vais faire un tour du propriétaire.

L'œil plus brillant qu'une météorite s'abattant sur la tour Eiffel un soir de feu d'artifice, l'Infernal me désigne la boutanche d'Armagnac.

— Pas de souci, mec ! On est deux infirmières à son chevet !

Poussé par mon démon-gardien, je ne puis m'empêcher d'aller reluquer dans les étages, du côté de la lucarne qui m'a fait de l'œil lorsque nous sommes arrivés. J'emmanche plusieurs escadrins, me fiant à mon sens suraigu de l'orientation et débarque dans un grenier devant une porte bouclée à double tour. Tu n'as pas oublié les vertus de mon sésame, toi mon Fidèle que j'aimais déjà inconstant ? Clic, clac, et la bobinette rend l'âme.

Je pénètre dans une pièce ménagée sous un comble brisé qu'un auteur moins sourcilleux du détail aurait appelé une mansarde. J'allume ma torche de calbute et la promène autour de moi. L'endroit me déçoit car il est plus vide que ta dernière pensée du jour. En revanche, je suis surpris par la propreté des lieux. Pas une toile d'araignée, pas une crotte de mulot, pas une chiure de mouche, pas un grain de poussière. On croirait que le ménage est fait tous les matins dans ce vieux galetas, alors que les corridors qui y conduisent font penser à la partie la plus sordide d'un train fantôme ou du musée des horreurs.

La lucarne d'où il m'a semblé voir danser une loupiote est close. Je l'ouvre en grand pour évacuer l'odeur de renfermé un peu âcre et fétide de l'insolite pièce. Je me demande si ce grenier ne servirait pas de refuge à quelqu'un.

Je jette un œil dans la cour. Mes quinquets s'accoutumant à l'obscurité, je remarque une silhouette qui tourne autour du 4 × 4 de Nicolas.

Je referme silencieusement la fenêtre et bondis dans les escaliers. M'appuyant sur la rampe, je dévale les marches à la vitesse d'un bobsleigh lorsque le Prince de Moncaca pousse par-derrière.

Au salon, ces messieurs ont entonné le grand répertoire. J'entends Jacquemart bramer le plus élégant couplet des « Cent Louis d'or ».

« Au premier relais sur la rouououououte
Nous descendîmes promptement
Au cul, il faut que je te fouououououte
Ne pouvant te foutre autrement »

L'organe béruréen, viné à souhait, reprend en canon.

« Ne pouvant te foutre autrement
Je t'enculai toute la nuiiiiiiiiit »

Je jaillis hors du château et les flonflons de cette gracieuse mélopée s'estompent tandis que je cours dans les graviers. Oyant ma cavalcade, le rôdeur, pas manchot côté réflexes, grimpe dans la bagnole et démarre. Je suis vraiment un lavedu, car j'ai laissé les clés flotter sous le volant. Une gerbe de caillasse me fuse à la poire et l'engin s'esbigne façon Ariane 5 vers la sortie de la cour.

Putain d'Adèle ! Je ne vais pas me laisser niquer

cette chignole une seconde fois ! Je reluque alors la BMW triple-hémorroïde-culbutée de Godemiche garée à deux jets de sperme de là, et l'investis avec la délicatesse de la division Das Reich pénétrant dans Oradour-sur-Glane. Hélas, ce grand con, lui, a empoché ses *chiave* et sa bagnole de deux tonnes ne m'est pas plus utile qu'un haricot de mouton. Force m'est de regarder le 4 × 4 me tirer un pied de nez avec son pot d'échappement, ce qui, tu en conviendras, est plus insultant (du Maroc) qu'un bras d'honneur.

Les pistes, les fausses pistes et les culs-de-sac s'entrecroisent avec opiniâtreté dans cette enquête, non ? Je m'y sens aussi à l'aise que le Minotaure dans le labyrinthe de Dédale. Mon moral est à peu près celui d'un mec qui poireaute depuis dix minutes devant la porte des chiottes d'un « trois étoiles Michelin », se demandant si sa gonzesse n'est pas en train de changer le filtre de sa Marlboro rouge, ce qui nuirait gravement à la santé de ses projets culiers.

Je quitte la guinde et lorsque je claque la portière, un petit rectangle de papelard danse comme un papillon dans la nuit. Je le chope avant qu'il n'atteigne le sol et le déchiffre. Il s'agit du reçu acquitté en carte bleue, attestant que Jacquemart-André a franchi le péage de Chartres hier soir à 19 h 48. Ce qui est conforme à ses déclarations et prouve qu'il est arrivé dans la région bien après les meurtres de Suzie et du Dr Albert Collot. Dont acte.

Plus morose que le jour où ta femme t'a crié « plus fort Lucien » alors que tu t'appelles Gilbert, je me dirige vers l'entrée du château. Je bute sur un objet que je ramasse. C'est un roller d'un genre très perfectionné. J'active le pas et regagne au plus vite le salon.

Mes zèbres en sont à « la pompe à merde », romantique ritournelle dont les paroles fusent d'un Godemiche à la limite du hors jeu :

« ... Et pompons-la gaîment
Et envoyons faire foutre ceux qui sont pas des frères
Pompons la merde et pompons-la gaîment
Et envoyons faire foutre ceux qui sont pas contents »

— T'es nul ! proteste Béru. La seule chanson qui vailliasse la peine qu'on s' fasse péter le lynx et toutes les cordes vocables, c'est les Matelassiers !

« Cardons, cardons,
Nous sommes les matelassiers »

C'est le moment pour moi d'intervenir, car lorsque Bibendum attaque cette chanson, ça veut dire qu'il a dépassé la cote d'alerte.

Je pousse une beuglante de barreur d'aviron.

— Hé ! Ho !

Le tandem de poivrots me considère en papillotant de leurs paupières plus légères que des cormorans après le passage de l'Erica.

— C't' à quel sujet ? savonne Béru.

— De ça ! gueulé-je, en agitant le roller comme une pendule.

— Héhéhé ! Marrant ! fait Jacquemart.

— Pourquoi ?

— Hier soir, en rentrant... J'ai vu un jeune mec qui roulait sur des machins pareils. Mais il en avait deux !

— Comme moi ! rajoute l'Immonde, plus bourré que chez Bourré.

— A quel endroit ? demandé-je, irrité de l'intervention du Gros.

— Pas loin d'ici, précise Godemiche en s'efforçant au sérieux. Il fonçait presque aussi vite que moi.

— T'es sûr que t'as pas eu une hallucination collective pour toi tout seul ? s'étonne le Mastard.

— Non ! Il portait un sac à dos. Je me suis dit que ça devait être un bûcheron...

— Un bûcheron ?

— A cause des haches !

— Quelles haches ? insisté-je.

Jacquemart-André frictionne sa barbe naissante.

— Il me semble qu'il trimbalait des haches dans sa sacoche.

*

* *

Le lendemain matin, un garago du coin est venu changer la batterie de la D.S. de Béru à la ferme du Pinson-Tournan et nous avons pu rallier le commissariat de Chartres.

En homme courageux, Roykeau avait déjà regagné son bureau. Sa main blessée ressemblait à un coussin de pianiste et sa mine affichait le hâle d'un Pierrot tuberculeux.

Lui et son adjoint Deport nous ont fait le point de l'enquête. Un seul des trois spermes trouvé dans le corps de Mélanie a pu être identifié. C'est celui de...

Mais laissons passer une page de publicité.

*

* *

Je t'ai fait chier, là, hein ? Et pourtant, il ne t'a pas fallu plus de cinq secondes pour sauter d'un paragraphe à l'autre. Alors t'imagines à la télé quand tu dois t'appuyer la météo qui t'annonce de la chiasse pour le restant de tes jours, le tirage du loto dont t'as perdu le billet, le résultat d'un tiercé que t'as pas joué. Et la pub pour le parfum de la gonzesse qui vient de te plaquer.

Lis San-A ! Je suis de tout cœur et j'te fais pas cocu.

Le sperme ? C'est celui de Nicolas.

Copulation consentie ou viol ? Il faudra le démontrer !

Autre information : Suzie, elle, n'a pas été violée.

On lui a simplement démoli le portrait, déchiqueté les nibards et sucré les légumes.

Un petit détail : les flics ont établi la preuve que mon fils n'avait pas quitté Chartres. Un cheminot l'a vu sauter du train pour Paris et gagner le centre ville.

Paquet cadeau : la vendeuse d'un magasin de sport affirme que mon Antoine lui a acheté une paire de rollers.

Elle est pas belle, la vie quand elle s'en mêle ?

Troisième partie

JULIETTE
(le retour et sa fin)

Chapitre veuf

(Histoire de donner le ton funeste
de ce chapitre)

Juliette Blondeau, assise dans le noir, frissonna en voyant surgir sur l'écran le visage terrifiant de Scream.

Elle sentit une main lui frôler la cuisse et ne put réprimer un hoquet d'angoisse.

— N'aie pas peur, Juliette, chuchota une voix rassurante. C'est moi.

— Nicolas ! s'exclama la jeune fille, en se tournant vers son voisin.

— Chut ! Retrouve-moi aux toilettes.

— Mais... le film ?

— Tu as déjà vu le 1 et le 2. C'est toujours pareil... Un vieux copain, ou un cousin, qui s'affuble du masque. J'y vais. Je t'attends.

Il s'éloigna dans l'obscurité, ombre plus angoissante encore que le héros fantasmatique qui s'agitait sur la toile blanche. Juliette hésita un instant puis se leva à son tour et rejoignit Nicolas. Elle le trouva plus beau que jamais, fort de cette arrogance qu'elle prenait pour de l'assurance.

— Qu'est-ce que tu as au nez ? demanda la fille.

Nicolas sourit en caressant son sparadrap.

— Je me suis battu avec un flic.

Emerveillée, Juliette lui donna un baiser furtif sur la joue.

— Et tu t'es enfui ! J'ai lu ça dans la presse.

— Tu ne vas pas me dénoncer ?

— Jamais ! Mais comment tu m'as retrouvée ici, dans ce cinoche ?

— Je me suis mis en faction à Saint-Jean-Nivers, devant la ferme de tes parents. J'ai vu partir ta petite Saxo... C'était qui, le type que tu emmenais ?

— José, le commis à mon père.

— De ton père ! ne put s'cmpêcher de rectifier Nicolas. Tu couches avec lui ?

— Tu déconnes, c'est un Portugais !

— Tu sais que les Portugais se laissent pousser la moustache pour ressembler à leur mère ?

— Il n'a pas de moustache, répondit Juliette, réfractaire à l'humour.

— Je t'ai vue le déposer dans la banlieue de Nogent-le-Rotrou et je t'ai suivie jusqu'ici, poursuivit Nicolas.

— C'est quoi, ton problème ? demanda la gamine.

Nicolas embrassa Juliette avec fougue et avec la langue.

— Il faut que je me planque, dit-il en reprenant son souffle.

— Et tu comptes sur moi ?

— Tu es la seule personne au monde qui puisse m'aider.

Juliette était une fille ravissante, brune tendance « aux-burnes » comme dit Béru, avec des yeux noisette qui donnaient envie de rencontrer son écureuil. Elle avait tout juste dix-neuf ans. Et ne fêterait jamais ses vingt ans[1].

— Tu veux que je fasse quoi ? questionna-t-elle.

— J'ai abandonné ma voiture dans un parking. Tu vas m'emmener chez toi et me cacher dans ta ferme le temps que mes affaires s'arrangent, O.K. ?

— O.K. ! Viens, on va passer par l'issue de secours.

— Attends ! J'aimerais que tu me fasses une petite pipe, comme dans le bon vieux temps...

Nicolas obligea la fille à s'agenouiller.

— Regarde, le cadeau que j'ai pour toi...

— Elle est en forme, admit Juliette, mais on pourrait nous surprendre.

1. Tu le sais déjà, si tu te souviens du début de ce livre somptueux.

*
* *

Martha avait préparé une blanquette de veau, sa spécialité. Juliette l'avait aidée à émincer les oignons et couper les carottes. Selon son habitude, Anatole était rentré tard, après avoir soigné les bêtes et accompli les rudes tâches qui étaient son lot quotidien. Avant de passer à table, il avala d'un trait un pastis presque sans eau et déboucha la bouteille de cidre qui accompagnerait son souper.

Juliette avait toujours su profiter de son statut de fille unique. Ses parents la couvaient avec plus de soins qu'un œuf de dinosaure. Elle leur rendait cette affection en les considérant comme des rescapés du paléolithique. Le conflit des générations n'est pas grave lorsqu'il s'échelonne sur des millénaires.

Après le repas, elle attendit qu'Anatole et Martha fussent couchés, que sa mère commençât à gémir (Blondeau ne badinait pas sur la bagatelle) pour retourner à la cuisine. Elle emplit une gamelle de blanquette et la couvrit de riz. En ajoutant une demi-baguette et un litre de rouge, Nicolas serait rassasié.

Juliette trottina jusqu'à la grange où elle avait installé son copain dans le plus grand secret. Elle fut surprise de ne point l'y trouver. Sans doute avait-il profité de la nuit tombante pour aller se dégourdir les jambes. Elle lui avait pourtant recommandé la plus grande prudence car son père bourlinguait dans la ferme à toute heure. Elle déposa la pitance sur un cageot et ressortit, tracassée. Elle fit quelques pas en direction de la colline, contourna la mare à purin, déclencha les grognements des cochons qui somnolaient dans les stalles de la porcherie. Elle s'apprêtait à rebrousser chemin lorsqu'un craquement dans son dos la fit sursauter.

Juliette se retourna en poussant un cri de surprise. Elle eut l'impression de se retrouver dans l'horrible scène du film qu'elle avait vu l'après-midi même.

— Arrête de déconner, Nico ! souffla-t-elle.

Elle n'eut pas le temps de préciser sa stupeur. Une douleur violente lui arracha un hurlement et une main puissante s'appliqua sur sa bouche tandis qu'un poignard l'éventrait.

*

* *

— Juliette Blondeau, une gamine de dix-neuf ans, ablation des ovaires et de l'utérus, les seins lacérés... Toujours le même rituel.

— Où ça ? demandé-je à Roykeau.

— Dans le Perche, à Saint-Jean-Nivers, une petite commune proche de Nogent-le-Rotrou. Le père a découvert sa fille au petit matin, au bord de son champ.

— Des agriculteurs, aussi ?

— Oui, mais pas du même niveau que les Godemiche. Quelques vaches, des cochons, une basse-cour... la petite exploitation familiale.

— Je ramasse Béru et j'arrive, conclus-je avant de raccrocher.

Mes narines explosent lorsque je déboule chez le Gravos. On jurerait que la pompe à merde de sa chanson vient de dégazer dans les parages. Je me précipite à la fenêtre et l'ouvre en grand. Je m'apprête à vilipender le misérable, mais en constatant son abattement, je sursois à mon ire.

Ça ne va pas, Gros ?

— Pire encore !

— Qu'est-ce qui t'arrive ?

Alexandre-Benoît largue une ultime louise, sans conviction.

— Mon patron, l' député...

— Tibère Landoffi ?

— Il est en taule. J' serai jamais payé pour mes cours. Et pourtant, j' répétais fort, crois-moi !

— Ah, ça ! admets-je en évitant de renifler.

— Va falloir que j' rempile chez les matuches, soupire le Mastard.

— Ça tombe bien, parce que j'ai besoin de toi !

*

* *

C'est avec mon Audi, enfin ex-fourriérée, que nous regagnons la maison Parapluie de Nogent-le-

Rotrou. Le commissaire Lémiche nous reçoit avec les égards dus à notre harangue. Sont également de la partouze Roykeau et sa paluche enrubannée, plus son adjoint Franco Deport. Ces messieurs ont effectué les premières constatations d'usage, mais ils m'ont habilement délégué le soin de diligenter l'enquête. Je leur en sais gré.

Pour la première fois de sa vie, l'immonde Bérurоche, plein de vague à l'âne, s'excuse après avoir lâché une perlouze.

— 'mande pardon, j' récitais !

Très vite, on passe aux choses sérieuses. Lémiche débouche une bouteille de champ' qui piétinait dans le frigo et Deport nous fait un rapport circonstancié de la situation. Je vais te la faire brève, car je sais que tu dois aller tirer la blondasse rencontrée avant-hier dans le métro. Ne proteste pas, j'y étais. Je t'ai vu lui frôler les miches à l'occasion d'un freinage un peu brutal. Comme elle a eu l'air d'apprécier, tu lui as franchement carré un doigt dans l'oigne. Je ne t'en fais pas grief, mais ce n'est pas une raison pour ligoter mes bouquins à la va-vite.

En résumé : Juliette Blondeau a été massacrée, mais pas violée, idem la ravissante Suzie. Mélanie, elle, a connu plusieurs rapports sexuels la nuit de sa mort, cependant le viol n'est pas établi. Ces éléments nous incitent à penser que notre serial killer, même s'il effémine [1] ses victimes n'obéit pas à des pulsions sexuelles.

1. Du verbe efféminer, contraire d'émasculer.

Autre élément d'importance, la Clio blanche d'Aimé, empruntée par Nicolas, a été retrouvée à Nogent-le-Rotrou, c'est-à-dire tout près du lieu de ce nouvel assassinat.

Quant au 4 × 4 de Nicolas, les flics de Saint-Quentin-en-Yvelines l'ont débusqué dans la cour d'une H.L.M. voisine du R.E.R.

Mes collègues se perdent en conjonctivite car je ne leur ai pas dit que selon toute vraisemblance c'était Antoine qui avait chouré la caisse japonaise dans la cour de la Vieille-Nave. Comme n'importe quel père lambda, je suis rassuré à l'idée que mon fils a certainement regagné la capitale et qu'il ne saurait être compromis dans le meurtre de la malheureuse Juliette.

Tu vas voir que j'ai tort de me réjouir.

*

* *

La ferme des Blondeau est occupée par une escouade de képis lorsque nous débarquons. Un gradé nous salumilitarise d'importance.

— Maréchal des logis Dalors ! se présente-t-il.

Sa qualité de chef se lit sur sa moustache drue comme un balai de chiottes et dans son regard de fouine enfumée au fond d'un terrier.

Le bourdille nous escorte à travers le modeste domaine qui se compose de trois bâtiments disposés en U. Au centre un corps d'habitation à colombages colombinés par les pigeons, bâtisse d'un étage.

Sur la droite, un hangar encombré d'instruments aratoires divers et rouillés, de fourches, de bêches, de bidons et de toutes les vieilleries qu'on entasse au cours d'une vie agraire. Un tombereau est accroché à un tracteur américain qui devait être neuf le jour du débarquement d'Omaha Beach.

Sur la gauche, l'étable est flanquée d'une grange à foin. Non loin de là, une fosse a été creusée pour stocker le lisier qui constitue un excellent engrais et ne s'en cache pas au niveau olfactif. Je remarque que Béru écrase une larme.

— Tu repenses à ta jeunesse à Saint-Locdu-le-Vieux ? lui demandé-je.

— Non, c'est l'odeur du purin, gémit le Mastard. Ça m' rappelle mes leçons de pétomanie.

Suivant les pas du sergent chef Dalors, nous contournons la mare fécale et empruntons un chemin qui grimpe à l'assaut d'une agréable colline.

— C'est ici que le corps de la petite a été retrouvé, explique le moustachu à œil de fouine.

Les contours du cadavre ont été tracés à la chaux sur le sol. Ce misérable dessin décoré d'une flaque de sang séché me déchire le cœur.

— A quelle heure Juliette a-t-elle été tuée ?

— D'après le légiste, elle venait juste d'achever son dîner. Donc, vers neuf heures du soir. Les parents étaient couchés. Ce n'est que ce matin dès l'aube...

« ... à l'heure où blanchit la campagne », récité-je dans l'intimité de ma mémoire.

— ... que le père a fait la macabre découverte, achève Omer Dalors, lequel ne recule jamais devant un cliché bien senti.

— Pas d'empreintes de pas, constate Béru.

— Le sol est sec et gelé...

— L'arme du crime ? hasardé-je.

— Une lame courte et large : couteau de cuisine ou poignard.

— Ce céréale enculé ne laisse aucun indice derrière lui ! tempête le Gros.

La moustache du maréchal des logis ondule légèrement et son regard de mustélidé frise.

— Il y a quand même un truc bizarre, fait-il, énigmatique. Suivez-moi.

Nous gagnons la grange à longues enjambées. Dalors pousse la porte et nous désigne des victuailles disposées sur un cageot retourné servant de table basse. Il s'agit d'une platée de viande blanchâtrc et figée recouverte de riz, d'un quignon de pain que les mulots ont déjà grignoté et d'une bouteille de vin rouge pleine à ras bord. Emu jusqu'en ses entrailles profondes, Béru se précipite sur l'assiette, chope la fourchette qui est plantée dedans et s'apprête à dévorer le tout.

— Il s'agit d'une pièce à conviction ! s'insurge le gendarme.

— Et alors ? proteste l'Ignoble, on bouffe bien les pièces montées.

Le regard fustigeant que je lui balancetique le dissuade, il repose l'assiette en rigolant.

— Z'aviez pas compris qu' j' blaguais ? N'anmoinsse, un kil de pinard, qu'y soye vide ou plein, ça reste une pièce à conviction valab', non ?

Il attrape la boutanche et se téléphone le litron sans même reprendre sa respiration. Pour signifier la vidange du kilbus, il émet un rot qui a dû être capté par les sismographes jusqu'au Japon.

— J'aurais p't-être dusse vous demander si vous aviassiez soif ? s'excuse-t-il.

Puis il enchaîne aussitôt :

— Selon tout' la vraisemblance de ma certitude, c'est Juliette qu'a z'apporté cette bouffe à un zigoto qu'elle planquait dans c'te grange pour une raison qui est encore inconnue d' mon insu.

— Logique ! acquiesce Omer Dalors. Cela prouve que la malheureuse enfant connaissait son meurtrier.

— Possible, admets-je. A moins que l'assassin et le destinataire de ce repas aient été deux personnes différentes !

*

* *

Anatole Blondeau est assis dans l'étable sur un tabouret à un seul pied. Il trait une robuste vache blanche et noire dotée de pis qui n'entreraient pas dans le soutien-gorge de Berthe Bérurier. Le lait gicle en produisant un son métallique contre la paroi du seau.

Je m'approche du paysan et m'accroupis à sa hauteur. C'est à peine s'il remarque ma présence.

— Monsieur Blondeau, murmuré-je, je suis le commissaire San-Antonio.

— Enchanté, répond-il, sans interrompre sa traite.

— Je compatis à votre douleur et je vous donne ma parole que j'arrêterai l'assassin de votre fille.

Le type daigne enfin m'accorder un regard.

— Ça me fera une belle jambe ! soupire-t-il.

Qu'objecter à pareille réplique ? Aucune parole ne peut apaiser le désespoir de cet homme. Je me contente de lui presser l'épaule d'une poigne ferme.

— Acceptez-vous de répondre à quelques questions ?

— Si vous me laissez traire mes bêtes. Je suis déjà en retard.

— Je vous en prie... faites.

Je déniche un second tabouret unijambiste et viens me poser près de lui. Pas facile de tenir sur ses sièges de péquenot. Je m'accroche in extremis aux oreilles d'un veau qui me gratifie d'un coup de langue râpeuse. On m'a déjà roulé des pelles plus bandantes.

Malgré son chagrin, Anatole ne peut réprimer un sourire.

— On voit que vous venez de la ville...

Je rigole de bonne grâce et me réinstalle sur mon tabouret.

— Il est vrai que je prends plutôt les dépositions derrière un bureau qu'au cul des vaches !

La glace est rompue entre nous et je peux y aller de mon interrogatoire.

— Dans la soirée d'hier, votre fille s'est comportée comme d'habitude ? attaqué-je.

— Oui et non, fait le gus, n'ayant pas oublié qu'il était de même souche que son troupeau, normand.

— C'est quoi, le non ?

— Elle avait l'air pressée qu'on alle se coucher, Martha et moi.

— Comme si elle avait un rendez-vous ?

— Pas vraiment. Elle sortait quand elle voulait. Elle avait pas à nous demander notre autorisation.

— Alors comme si elle voulait rejoindre quelqu'un... sans vous le dire.

— P' t' êt' ben !

La queue de la vache joue au balancier entre nos deux visages, me fouettant le tarbouif à chaque passage. Je me recule un peu.

— Et dans la journée, rien de spécial ?

— Je dirais... oui et non.

— Et c'est quoi, le oui ?

Anatole Blondeau change de pis.

— Une voiture blanche qu'est restée garée longtemps au coin de la départementale. Je la voyais depuis mon champ. Je l'ai remarquée, c'était la même que celle à mon frère.

Le pouls s'accélère d'un cran sous mes boutons de manchette.

— Une Clio ?

— Ça même !

— Comment s'appelle votre frère ?

— Ben... Blondeau, c'te blague.

— Je parle de son prénom.

— Aimé. Nos parents nous ont tous donné un prénom commençant par un A...

— Il a un fils un peu simplet qui s'appelle Martial, m'exclamé-je, et il travaille comme contremaître à la ferme du Pinson-Tournan ?

— Vous le connaissez ?

Je me dresse d'un bond. Le siège qui tenait debout par mon poids bascule sur le seau et le renverse. Le bon lait percheron se répand dans la rigole et se mêle au purin.

— Je suis navré ! m'excusé-je.

— Vous tracassez pas, m'sieur le commissaire. Y a des choses pires que ça dans la vie. Le principal, c'est pas que je vende mon lait, mais que mes bestioles ne me fassent pas une mammite.

— Voyons, monsieur Blondeau, ne savez-vous pas que les deux premières victimes vivaient dans la ferme régie par votre frère ?

— Mélanie et Suzie, je sais.

— Et vous n'en avez pas parlé aux flics ?

— Personne m'a rien demandé.

— La mort de Juliette n'est pas une coïncidence, élevé-je le thon (ce qui n'est pas aisé dans le Perche). L'assassin savait le lien qui vous unissait à Aimé. Il connaissait forcément votre fille.

— Ah bon ?

La question subséquente fleurit mes lèvres.

— Juliette a-t-elle participé à la rave-party organisée par Mélanie Godemiche ?

— Bien sûr. C'étaient des copines de toujours...

— Et Nicolas ? Juliette le fréquentait ?

— Je crois même qu'ils fricotaient ensemble. Lui, c'est vraiment un bon p'tit gars !

J'évite de lui dire que le bon p'tit gars a probablement éventré sa gamine.

*
* *

Lorsqu'il ressort de la cambuse des Blondeau, Béru a l'œil concupiscent.

— Alors ? le questionné-je avec ce sens de la concision qui aurait pu faire de moi un excellent rabbin.

— M'âme Martha est une femme brisée dans la chair de ses os ! se lamente le Gravos, la voix plus gluante qu'une truite fraîchement pêchée.

— Je me doutais bien qu'elle n'allait pas te raconter la dernière blague d'Olive et Marius, fais-je, agacé.

— Tu sais qu' si elle s'fringuait pas chez Rustica, elle s'rait plutôt dans mon genre ?

— Parle-moi de l'enquête, Goret !

A.-B.B. tire une saucisse séchée de sa fouille et la ratiboise en trois coups de mandibules.

— C'est formidable c'qu'y sont capab' de faire de leurs quat' mains, ces paysans. Y tuent leurs cochons, y fument leurs jambons et y fabriquent même leurs sauciflards. En ville, on a perdu l' sens des véritables valeurs vraies !

— Tu as appris quelque chose d'intéressant, oui ou non ? m'emporté-je.

— L'odeur de son fion ! poursuit l'Horrible. T'imagines qu'après z'un drame de cet accablure, Mme Blondeau est actuellement sous sédatif. L'heure étant venue d' son suppositoire, j'y ai admonesté moi-même son médicament, gentelman comme tu m' connais. Ça m'a permille d'apprécier la senteur de sa babasse, toute en délicatesse : un soupçon de marée, une once de sueur, un rien d' violette à la rose, pour finir sur une note légère d'ail et fines herbes. Même chez Guerlain ou Chanel y z'ont pas su trouver des harmonies qui t'interpellent les hormones tant si mieux.

— C'est ton rapport que je veux ! hurlé-je.

— Fâche-toi pas, San-A. Si je dix-graisse, c'est pour ton bien.

Et d'un coup, Béru m'envoie le paquet. Hier matin, tandis que son mari s'activait dans les champs, un inspecteur est venu trouver Martha. Il lui a sorti une carte de lieutenant de police et prétendu mener une enquête de routine. Il voulait savoir si une jeune fille vivait sous ce toit. La paysanne a répondu que oui, mais que sa fille travaillait à mi-temps comme femme de chambre à l'hôtel du village et qu'elle était présentement absente (joli tour de force). Le flic est aussitôt reparti sur sa mobylette.

— Une mobylette ? m'étonné-je.

— Un matuche seul et sur un vélomoteur, c'est pas banal, reconnais, Grand.

— Elle t'a décrit ce policier ?

— Voui ! Très jeune, beau gosse, bien baraqué, brun aux yeux bleus, blouson de cuir, baskets à la mode... Brèfle. J'y ai montré une photo qui quitte jamais la poche arrière de mon futal.

— Photo en sépia ? trouvé-je la force de plaisanter.

— Regarde ! C'était l' jour d' la communion de mon fils Apollon-Jules.

L'Hénaurme me plante le cliché sous le blair (Tony pour les intimes) et souligne d'un ongle fortement endeuillé un personnage de la photo.

— Martha l'a formellement reconnu.

C'est Antoine que Béru me désigne.

Chapitre vice

(Référence à la partie de cul qui va s'ensuivre)

L'hôtel Moncorgé de Saint-Jean-Nivers est tenu par un vieil alcoolique repenti qui attendait l'arrivée de Béru pour replonger.

Vu de loin Gabin Desbois a l'air d'un haltérophile médaillé aux jeux Olympiques de 1928. En gros plan, sa tronche est celle d'un bouledogue castré. Lorsque nous investissons le coin bistrot de son auberge, il est accoudé à son zinc, dans la posture d'un penseur de Rodin hésitant entre un guignolet-kirsch et un picon-grenadine.

— C'est complet ! nous jette-t-il, avec l'amabilité de l'hippopotame qu'un taxidermiste essaie d'empailler à vif.

— Pas pour nous ! gronde Grasdube en lui agitant sa brème de matuche sous la hure.

— Je vais te dire un truc, mon p'tit gars, articule

le mastroquet, quand y a plus de couverts pour personne, y en a encore moins pour les lardus !

Je m'enrogne d'un coup et darde mon œil le plus noir sur le zigue.

— On est pas venus pour bouffer, Gros-sac, mais pour que tu te mettes à table !

Vaincu par mon aplomb, le père Desbois exécute un impeccable demi-tour arrière et se fend d'un sourire qui le fait ressembler à un bandonéon usagé.

— Fallait le dire. Qu'est-ce que je vous offre ?

— Des renseignements ! répliqué-je.

— Exact ! renchérit Béru. Moi, j'prendrais bien n'en plus un double-triple pastaga, et très peu d'eau pour pas l'noyer.

Avec des gestes de salamandre, Gabin Desbois s'exécute.

— Faut pas m'en vouloir, s'excuse-t-il, on est débordés, ce soir. Le fils du maire qui épouse Miss Alençon.

Il abreuve le Mastard et se retourne vers moi.

— Je vous écoute.

— Juliette Blondeau était votre employée ?

— Une fille formidable.

— Mais morte ! précisé-je.

Le type se renfrogne et sa bouille prend aussitôt l'aspect d'une photo aérienne du Massif Central.

— J'ai pigé. Vous me soupçonnez, à cause de cette vieille histoire ?

Une question me brûle les lèvres : quelle vieille

histoire ? Mais comme je suis un poulaga d'exception, j'embraye aussitôt dans sa confession.

— Difficile de faire autrement ! dis-je. Le passé remonte toujours à la surface.

Le patron me désigne les boutanches alignées derrière lui sur des étagères d'acajou.

— Vous avez soif ?

Je montre une cannette d'Orangina rouillée.

— Vous n'auriez pas la même, un peu fraîche ?

Le gars plonge dans son frigo et s'empresse de me servir, Béru en profite pour brandir son glass.

— Tu m'remets la même chose. Et toi, qu'est-ce tu bois ? C'est ma tournée.

— Il y a vingt ans que j'ai arrêté de picoler, fait-il lugubrement, en rechargeant le verre de Béru.

— Depuis... l'affaire, hasardé-je.

La gueule plissée du bistroquet pend comme un suaire. Des larmes plus épaisses que de la vaseline sillonnent ses joues.

— Elle a dit que je l'avais violée !

— Qui ?

— Ma nièce ! Pourtant, à l'époque, je bandais déjà plus, confesse le type. Je lui ai p't'être glissé un doigt, c'est possible, mais je m'en souviens pas, j'étais trop bourré.

Emu, le Gravos vient à son secours.

— Un doigt, c'est pas du viol ! Et pis d'habitude ça fait plaisir à une jeune fille. Tiens ! Bois une gorgée pour te r'monter l'moral !

Gabin chope le verre de Béru et le liquide cul sec.

Puis il se tourne vers moi.

— Si vous m'arrêtez, l'dites pas à ma femme, ça va l'agacer !

Un quart d'heure plus tard, le patron de l'hôtel Moncorgé est allongé ivre mort derrière son rade. Il a eu le temps de nous bonnir, primo que Juliette Blondeau avait une amie dans le personnel de l'hôtel, Lydia, une grande rousse à queue-de-cheval, présentement affectée au service de la noce dont les flonflons s'élèvent jusqu'à nous.

Secondo qu'un jeune flic en mobylette est venu le questionner au sujet de la victime quelques heures avant le meurtre et que ce flic se trouve toujours dans les parages, puisque son vélomoteur est encore là.

A quel endroit ?

Au fond de l'impasse où l'on gare les poubelles.

*

* *

La nuit glaciale est tombée sans se fracturer le fémur. Connaissant le zèbre que je traque, j'ai pris des précautions de Sioux. J'ai feint de quitter la bourgade, j'ai planqué ma bagnole dans la cour d'une usine et suis revenu en catimini devant l'hôtel Moncorgé.

Comme la statue d'Eugène Sue, la mobylette est toujours à la même place.

Je m'installe dans une cabane de chantier située juste en face de l'impasse et m'entortille dans une couverture récupérée à l'intérieur de mon coffiot. S'agit d'ouvrir l'œil, et le bon, disaient les braves Dupont et Dupond.

*
* *

Lydia avait posé ses chaussures tant ses pieds la faisaient souffrir. Elle gravit les dernières marches et s'engagea dans le couloir, lestée de son plateau sur lequel trônait une bouteille de champagne immergée dans un seau à glace.

Parvenue devant la chambre nuptiale, elle leva un genou pour assurer l'équilibre de l'édifice et libérer une de ses mains pour frapper. Ce fut la jeune mariée, en porte-jarretelles blanc et culotte de dentelle, qui vint lui ouvrir, son futur étant en train de se fourbir le zigodard dans la salle de bains.

— Offert par la maison ! fit Lydia en déposant le plateau dans l'entrée.

Tandis qu'elle refermait la porte, la serveuse sursauta en voyant une tonne de viande cramoisie lui fondre dessus.

— Aye pas peur, ma poulette ! lança Béru. Faut qu'on cause, tous les deux.

— J'ai encore du boulot ! protesta Lydia. Les mariés sont dans leur chambre, mais la noce n'est pas finie.

En effet, la danse des canards sévissait au rez-de-chaussée.

— Juste une p'tite interviouve, Milady, insista le Mastard. J'sus d'la police.

Instinctivement, la môme se rétracta comme une huître qu'on titille avec un filet de citron.

— C'est à propos de Juliette ? demanda la fille, méfiante.

— Tu croives p'têt' qu'j'vais te demander ton pronosticre pour la troisième à Enghien ?

— Qu'est-ce que vous voulez savoir ? dit la gamine, inquiète.

— Tout. La fille Blondeau, c'était ta potesse, non ?

— Oui, et alors ?

— Alors, t'as sûrement une idée de qui t'est-ce qui l'a zigouillée ?

Lydia jeta un œil dans la cage d'escalier d'où montaient des braillements avinés.

— On m'attend, en bas. Si le patron...

— T'occupe pas de ton singe, y t'fera aucune r'montrance, ce soir, j'te promets !

— La servante hésita un instant avant de se lancer.

— Hier au soir, chuchota-t-elle, Juliette m'a appelée de chez ses parents pour me demander de la remplacer aujourd'hui.

— Pour quel leitmotiv ?

— Elle devait planquer un copain qui avait des ennuis avec la police.

— Elle t'a donné le blaze de ce pote ? poursuivit Béru, flairant le scoop.

— Non. Elle causait à demi-mot. Mais j'ai compris qu'il s'agissait de Nicolas.

— Godemiche ?

— Je ne vois pas qui d'autre.

— Parfait ! se réjouit le Gravos. Demain matin, tu répéteras tout ça au juge d'introduction, d'accord ?

— D'accord ! admit Lydia. Mais maintenant, il faut que j'y aille.

La main caleuse d'Alexandre-Benoît flatta sans vergogne les miches de la serveuse.

— Tu sais qu'j'raffole des rouquines ? dit-il, la bave aux commissures.

— Moi aussi ! répliqua la fille. Mais j'aime encore mieux les brunes.

Elle dévala l'escalier, laissant un Béru médusé. Il s'apprêtait à évacuer sa graisse de l'étage quand un grincement de sommier malmené attira son attention. L'Enflure plaqua son oreille contre la porte des jeunes mariés pour profiter au mieux de la saynète qui investissait ses trompes d'Eustache.

— Tiens, tiens, tiens ! grognait le fils du maire.

— Vas-y, vas-y, vas-y ! gémissait Miss Alençon.

— Ho ! Je sens que ça vient...

— Attends, attends, j'y suis pas...

— Trop tard ! Je jouiiiiiis...

S'ensuivit un beuglement de mec en vidange, prolongé d'un long soupir.

— Désolé ! s'excusa le marié après un silence.

— C'est pas grave, répondit la femme, d'un ton qui démentait ses propos. On recommencera demain...

Les yeux hors de la tête, le cou congestionné, le Mastard tenta d'ouvrir la porte de la piaule matrimoniale. Celle-ci étant bouclée à double tour, il se mit à tambouriner contre l'huis.

— Qu'est-ce que c'est ? fit l'organe dépité du futur cocu.

— Groom service ! répondit Béru.

Quelques instants plus tard, le marié déponnait, une serviette de bains autour de la taille. Le Gros pénétra d'autorité dans la chambre. La fille était allongée sur le lit, nue et jambes largement écartées. Elle n'eut aucun geste de pudeur tant sa surprise était vive.

Béru referma la porte et s'approcha du lit à pas lents.

— Mes pauvres enfants, déclara-t-il d'une voix apaisante. Vous z'avez pas honte de gâcher une aussi belle nuit d'noces ?

— Mais, mais... bêle le garçon.

— Non, franchement, tu vas renoncer pa'c' qu't'as envoyé la semoule trop vite ? Si Vatel avait eu un peu de patience, la marée s'rait arrivée et y s'rait pas fait Charlie-Hebdo avec son épée. Même qu'à l'heure où j'vous cause, y s'rait p'têt' encore vivant !

L'Immonde s'assoit sur le bord du lit et caresse du pouce un nichon de la mariée. L'époux, abasourdi, le regarde faire sans protester. Béru se veut rassurant.

— Ç'arrive à tout le monde d'cracher la purée avant l'heure. c'est z'humain. Tiens, j'me souviens, quand j'étais jeunâbre, chez la mère Camille qui tenait boxon près d'la sous-préfecture. Ces dames m'avaient bricolé la bitoune toute la soirée et le cidre aidant, j'ai largué l'potage dès les premiers prémices avec la nouvelle pensionnaire. Solange, qué s'appelait. Elle avait quinze ans d'plus que moi, mais ça a dû s'aggraver, depuis.

Il reprend son souffle et laisse glisser sa pogne sur le ventre de la mariée.

— Ç'a z'été l'humiliation d'ma vie. Le lendemain soir, j'y suive retourné because quand j'paume un Paris-Match, j'éguesige qu'on m'accordasse la r'vanche. J'y ai tant fait fumer la turbine qu'à la fin y a phallus qu'on utilise l'extincteur de service.

Les phalanges béruréennes s'égaillent dans la toison de Miss Alençon dont les yeux mi-clos proclament l'allégeance.

— Elle a tellement panardé, la Solange, continue Sa Majesté, qu'elle m'rappelle encore de temps z'à autre pour un p'tit estra. Et pourtant, c'te gonzesse, elle a passé l'hors d'âge. Si un jour elle veut revoir des requins, faudra qu'elle allâsse sur la grande Barrière de corail, en Australopithèque !

Le *cornutto* commence à la trouver saumâtre et tente d'enrayer les manœuvres du Mastard.

— Monsieur, rouscaille le gars, j'ai l'impression que vous êtes en train de masturber ma femme.

— Râle pas, Dugland ! gronde l'Enflure. J'te donne un cours de maintien textuel ! Estime-toi z'heureux si j't'envoye pas la facture. Si tu voudrerais profiter de la leçon, r'garde bien...

Bérurier glisse son groin entre les cuisses de la jeune épousée et lui prodigue de virulents coups de langue dans la toison.

— Madame néglige son Gillette ! gargouille l'Affreux. Les poils, j'sus pas contre, mais faut quand même pas qu'y contrecarrent la broute. M'enfin... Z'observe comme j'y fais la raie au milieu. L'principal, c'est d'écarter les poils feux follets pour bien dégager l'berlingot.

A.-B.B. crache en l'air à plusieurs reprises.

— Je vois qu't'as arrosé d'abondance ! Mais suffit pas d'être copieux, mec, faut être endurant... Première leçon : en cas d'éjectation précorse, tu t'rabats sur la menteuse. La langue, c'est l'avenir de l'homme ! Attention, ne l'utilise qu'à bon essuyant ! Toute mon enfance, j'm'ai entraîné à lécher des timbres. Seul'ment voilà qui y sont tous pré-enculés, au jour d'aujourd'hui. Je r'grette car en Angleterrie, j'avais du bonheur à humecter l'cul d'la reine avant d'poster une bafouille.

Sous la broutaison de l'Ineffable, la fille hurle de jouissance et frétille sur le lit comme une anguille prise dans une nasse. Satisfait, Béru dégrafe son pantalon et exhibe sa monumentale trompe. Le jeune marié s'étouffe à la vue d'un tel engin.

— Vous n'allez tout de même pas ?...

Le Gravos fait sauter le cobra dans sa main avec le geste d'un boucher appréciant le poids d'un rôti de bœuf.

— Pas de panique, p'tit gars, j'vais pas la baiser, ta p'tite femme. C't'un privilège qui t'revient de droit.

D'un geste ferme, il oblige la môme à se mettre à plat ventre. Il crache dans ses doigts, se lubrifie l'ogive et désigne les fesses de la mariée.

— Tu vois c'p'tit trou ? On jurerait qu'y peut juste en sortir des crottes de bique. Eh ben, tu vas voir...

Le Monstre applique inexorablement son ventre sur les meules de la môme. Le mari beugle.

— Arrêtez ! Elle ne supporte même pas un thermomètre.

— Pa'ce que c'est froid ! répond Béru.

— Je vous interdis... hurle le fils du maire.

— De quoi je me mêle ? rétorque Miss Alençon.

Béru pousse son avantage en même temps que son membre. La fille lâche un cri de délicieuse détresse.

— Voilà ! soupire Alexandre, le plus gros est fait. Quand la locomotive est entrée dans le tunnel, c'est bien rare que les wagons suivent pas !

Epinglée, comme un papillon, la mariée se tortille en griffant et mordant les draps.

Son époux tapote l'épaule de Béru.

— Vous ne pouvez pas jouir dedans ? questionne-t-il.

— Pourquoi j'me gênerais ? bougonne Sa Majesté.

— Et le Sida ?

— T'as raison, on n'est jamais trop prudent !

Le Gros décule d'un coup et largue sa semence en pleine poire du jeune marié. Puis il s'essuie le mandrin avec les rideaux avant de se retirer sur la pointe des pieds.

— Demain, p'tit gars, j'veux qu'tu récite[1] ! exige-t-il d'un air docte.

*

* *

Un à un ou par petits groupes, je les ai vus sortir de l'hôtel Moncorgé, les noceurs. Certains titubant, d'autres chahutant, mais tous bramant la liesse obligatoire. La vapeur de leur respiration dans l'air givré les enveloppait d'un brouillard

1. Pas de panique pour cette absence de « s », Correcteur : Béru refuse de décorer la deuxième personne du singulier de cette singulière marque de pluriel !

irréel. Quelques-uns ont gerbé alentour. Une fille en mousseline rose est même venue pisser contre le baraquement. L'urine s'échappait de son gros cul en sifflant et giclant sur ses talons aiguilles.

Le beffroi de ma Cartier[1] annonce quatre plombes du mat' et les derniers fêtards se sont évacués après un charivari sous la fenêtre des époux qui s'est achevé par un pot de chambre vidé sur leurs tronches.

Les dernières lumières de l'auberge s'éteignent. Les rayons d'une lune proche de sa plénitude confère à la bâtisse des allures magrittiennes.

Je commence à me dire que je me suis gelé les noix pour rien, lorsque Lydia, la serveuse décrite par le patron, quitte l'établissement. Au lieu de s'engager sur la rue principale, elle rebrousse chemin dans l'impasse et se dirige droit vers le vélomoteur. Elle grimpe dessus, le met en route.

Pour être honnête avec toi, je suis plutôt déconcerté. Cette mobylette, j'espérais qu'un homme viendrait la récupérer et tu sais qui ? Antoine. Maintenant je me demande si le vieux Gabin, intoxiqué par sa sobriété, n'a pas confondu la bécane d'Antoine avec celle de Lydia. Dans le doute, certains s'abstiennent. Pas moi. Je bondis hors de la cabane et cours à la rencontre de la cyclomoteuse.

Croyant à une agression, la rouquine tente de

1. Micheline et Jo, on se voit peu mais on s'aime.

s'enfuir. Je me place sur sa trajectoire pour lui barrer le chemin.

— Police ! Arrêtez-vous !

Paniquée, la fille accélère et me fonce dessus. J'esquive la charge au dernier moment, efface mon corps pour éviter l'engin et jette mes bras en avant pour cueillir la piloteuse.

Nous roulons ensemble à terre, tandis que le vélomoteur va s'écraser contre la cabane de chantier.

— Pas de bobo ? demandé-je à Lydia.

— Vous êtes complètement barge ! grondet-elle, en se débattant.

— Tu vas te calmer, ma douce, sinon je t'aligne la baffe du siècle !

Je l'aide à se relever, à se défroisser, à se dépoussiérer. La môme tremble d'une peur rétrospective.

— J'ai cru que c'était lui... fait-elle, agitée de frissons.

— Lui qui ?

— Celui qui a tué Juliette.

— Nicolas Godemiche, n'est-ce pas ?

Lydia se contente d'un hochement de tête.

— C'est loin, chez toi ? questionné-je.

— Un kilomètre.

Je désigne la mobylette complètement ratatinée.

— Un kilomètre à pied, ça use, mais ça réchauffe.

*

* *

Antoine n'est vraiment ni manchot ni cul-de-jatte. La cabriole qu'il effectue à mon intrusion dans la piaule de Lydia devrait être homologuée comme record olympique. Il jaillit hors du lit, exécute un saut périlleux et se retrouve face à moi en position de karatéka.

— Tu ne vas tout de même pas cogner ton père ? murmuré-je dans la pénombre.

La rouquine donne la lumière.

— Papa ! s'exclame Antoine.

— En personne. Le moment des explications est venu.

Je me tourne vers la fille interloquée devant cette touchante scène de famille.

— Si tu pouvais nous préparer un peu de café, ce serait sympa.

Lydia s'évacue vers la cuisine dont je claque ostensiblement la porte.

— Alors, fils ?

Mon même semble désemparé. Je l'attrape par le cou et le serre contre moi.

— Ce n'est pas le flic que tu as devant toi, mais ton père.

— Est-ce que j'y gagne au change ? dit-il avec un large sourire.

— Si tu me racontais ton odyssée ?

— Tu en es resté où ?

— Lorsque tu fais mine de prendre le train à Chartres. Tu te payes des rollers et tu reviens en Beauce. Pourquoi ?

Antoine est péremptoire.

— J'ai toujours suspecté Nicolas d'avoir tué sa cousine. Je voulais le faire parler. Par la radio de mon walkman, j'ai appris qu'il avait tiré sur Roykeau et s'était enfui.

Je le coupe net.

— En plus des rollers, tu n'aurais pas fait aussi l'emplette d'un sac à dos et de quelques haches ?

— Non, pourquoi ? répond-il, intrigué.

— Pour rien. Continue.

— Je me suis planqué dans un logement désaffecté du Château de la Vieille-Nave. Je pensais que Nicolas finirait par revenir au bercail. Le lendemain, j'ai bourlingué dans le secteur sans rien découvrir. Vers 20 heures, j'ai failli me faire repérer par le père Godemiche qui rentrait chez lui. Alors j'ai regagné ma cachette. Je me suis réveillé en sursaut dans la nuit et j'ai constaté que le 4 × 4 était stationné dans la cour. Je suis allé rôder autour, mais quelqu'un m'a aperçu et s'est lancé à mes trousses.

— Le quelqu'un, c'était moi.

— Non ?

— Tu as constaté que les clés étaient au tableau de bord et tu as pris la fuite. Dans la panique, tu as perdu l'un de tes patins à roulettes.

— Si j'avais su...

— Tu aurais fait pareil, dans ta logique de franc-tireur.

Antoine se fend d'un rictus embarrassé.

— C'est possible.

— Ensuite, enchaîné-je, sachant que le véhicule était recherché, tu n'as pas osé circuler longtemps avec. Tu as roulé jusqu'à Saint-Quentin-en-Yvelines et stationné le 4 × 4 en évidence dans un parking jouxtant le R.E.R. en te disant que les poulagas concluraient que tu avais regagné la capitale. En fait, tu as piqué une mobylette.

— Je l'ai achetée, rectifie Toinet, à un jeune beur sympa...

— ... qui venait tout juste de la chourer ?

— Ah, ça ! Je te garantis pas qu'elle était de première main.

Lydia rapplique avec une cafetière fumante. Je lui fais signe de retourner à la cuisine, car on en vient aux explications les plus chaudes. Je pose à mon fils la question sans détours.

— Comment es-tu arrivé à Saint-Jean-Nivers avant même le crime ?

Antoine attrape son blouson posé sur le dossier d'une chaise et le fouille. Il en sort une carte routière d'état-major qu'il déplie devant moi.

— Avant d'abandonner le 4 × 4, je l'ai inspecté de fond en comble.

— Ce que j'ai omis de faire, admets-je, un rien dépité.

— Et j'ai trouvé cette carte dans la boîte à gants, poursuit Toinet.

Il me désigne dessus une ferme isolée, située à

l'écart de la bourgade de Saint-Jean-Nivers. Elle a été entourée d'un rond de feutre rouge.

— Et ça t'a suffi pour te lancer sur cette piste ?

Antoine développe un nouveau pli de la carte et me montre deux autres cercles rouges.

— C'est ça, qui m'a motivé !

Les traits de feutre entourent la ferme du Pinson-Tournan, ainsi que le bois Gratte-merde, qui s'appelle officiellement « Le Grand Bosquet » sur la carte.

Le regard admiratif que je lance à mon rejeton le console de toutes les engueulades (méritées) que j'ai pu lui prodiguer.

— Tu es donc venu questionner Martha Blondeau. Elle t'a branché sur l'hôtel Moncorgé où sa fille travaillait et tu as fait la connaissance de Lydia. C'est grâce à ton charme qu'elle a accepté de t'héberger ?

Toinet rigole.

— Aucune chance. Elle est tellement gouine qu'elle broute son paillasson tous les matins ! Non. Elle m'a fait confiance. Elle avait des soupçons sur Nicolas et quand je lui ai raconté que j'avais assisté au meurtre de sa copine...

Je manque de m'étouffer.

— Tu as assisté au meurtre de Juliette ?

— Oui. Enfin... presque.

— Ça veut dire quoi, presque ?

— Lydia m'ayant appris que sa copine hébergeait Nicolas, je suis retourné chez les Blondeau, en loucedé, à la nuit tombée. J'ai vu Juliette porter un plateau de bouffe dans la grange. Je me suis approché à pas de loup, c'est alors que j'ai morflé un coup de bambou à la base du cou.

Il écarte sa chemise pour me montrer la vilaine tuméfaction de sa nuque.

— J'ai dû rester un long moment dans le coltard, continue-t-il. Quand je suis revenu à moi, la lune s'était abaissée vers l'horizon. J'ai été dans la grange et découvert la nourriture intacte. Je me suis mis à fureter dans les parages...

— Et tu as trouvé le corps de Juliette ?

Mon fils enfouit ses mains dans son visage.

— Un cauchemar ! Quel jury pourrait m'acquitter ? Pour deux des meurtres, j'étais sur place et pour le troisième, je n'ai pas d'alibi !

— Tu es revenu demander asile à Lydia ?

— Je lui ai tout raconté. Elle m'a cru. C'est une fille bien.

— C'est une fille bien qu'on va mettre au frais durant quelques heures ! décidé-je.

— Pourquoi ?

— Pour avoir les coudées franches. On va le coincer, ce salopard, je te jure qu'on va le coincer !

— Tu as un plan, papa ?

Si tu le voyais, le lieutenant Antoine, il est redevenu petit garçon. Son sort est entre mes pattes et il l'accepte. Un jour, sans doute, prendra-t-il ma succession. Mais pour l'heure, c'est moi le patron.

— Oui, fils, j'ai un plan. Tu en fais partie, Béru

aussi. Je vais avoir également besoin de la collaboration d'Anatole Blondeau et de Larronde.

— Larronde, le journaliste ? tique Antoine. Qu'est-ce que tu attends de lui ?

— Qu'il raconte des conneries, comme d'habitude.

Dernière partie

LE PIÈGE

Chapitre bonze

(ou bronze, ou gonze...
Tu choisis, je m'en fous !)

Mon piège était tendu, je pouvais donc savourer ce que l'on nomme « le repos du guerrier » dans les romans plus zhuppés que les miens[1].

Félicie se trouvait toujours au chevet de la cousine Adèle dont la tentative de suicide oléagineux nécessitait un suivi psychologique, le remplacement de la moquette et une surveillance de chaque instant pour parer à toute récidive qui aurait conduit la maison Lesieur à la rupture de stock.

En bon père de famille moyenne, le survête en moins, j'ai emmené Marie-Marie et ma petite Antoinette dans un Macdo pas plus Bové que les autres. La gamine a picoré trois frites, pompé avec

1. Mais plus chiants aussi.

sa paille une gorgée de Coca avant de le renverser, s'est payé douze tours de manège et huit de toboggan. Dès qu'elle a eu vomi on est rentrés à Saint-Cloud, on l'a couchée et elle s'est endormie après avoir écouté une version soft du Petit Poucet. J'ai alors interprété la version hard du Gros Poucet à ma Musaraigne de femme.

Si bien qu'à l'heure où je te reviens au présent, elle ondule en gémissant sur mon ventre car elle adore me chevaucher. Je l'attrape par les hanches pour augmenter la cadence. Je remarque alors la porte de notre chambre qui pivote lentement sur ses gonds. Ma première crainte est de voir paraître ma fille, suite à un cauchemar digestif. Je ramène le drap sur le cul de Marie-Marie. Ma seconde idée est qu'un petit malin pourrait avoir envie de me plomber en plein coït. Mon flingue fleurit dans ma pogne comme un tournesol à midi. Tout ça ne m'a pas pris plus d'un centième de seconde. Marie-Marie ne s'est aperçue de rien.

Je suis vite rassuré en découvrant Maria notre bonne éternelle qui s'encadre discrètement. Sa robe de chambre est largement ouverte pour me permettre d'apprécier à sa juste valeur son luxuriant tablier de sapeur qu'elle astique sans ménagement de trois doigts fougueux. Je lui adresse un clin d'œil de connivence et redouble d'ardeur. Elle jouit en même temps que nous, larguant une giclée de mouillette que la moquette de haute laine ne tardera guère à éponger. Puis elle referme la porte et s'en retourne comme elle est velue[1]. Ça, c'est du personnel surchoix !

A l'instant même, le biniou se met à carilloner. J'ai un Roykeau surexcité au bout du fil. La trappe a fonctionné. Nicolas Godemiche a été intercepté à la gare de Nogent-le-Rotrou alors qu'il débarquait d'un train en provenance de Chartres. On va le conduire de ce pas dans le bureau du la juge Annick Hatouva. On m'attend au plus vite. Je reluque ma tocante, elle affiche un dix heures dix très gaullien. Le temps d'un baiser sur les miches de Marie-Marie, et de me laver la biroute, je serai sur place dans une heure.

Je fus un peu en retard car Maria m'attendait à la salle de bains pour me débarbouiller Popaul. Ce qu'elle fit avec une technique labiale et linguale qui n'appartient qu'à elle.

Viva Maria !

*

* *

— Vous la servez comment-est-ce M'âme Martha, vot' tarte aux pommes ? questionne Béru, frisant l'apoplexie.

— Caramélisée, flambée au calvados et nappée de crème fraîche, raconte la brave paysanne.

Le Mastard apprécie.

1. Ami correcteur : ne remplace surtout pas le « l » par « n ». Merci

— Léger comme j'aime. Mais si ça serait un effet de vot' bonté, j' reprendrerais bien un peu d' potée avant le dessert.

— Y a le Livarot, aussi, m'sieur l'inspecteur ! précise Anatole Blondeau.

— J'oublille pas, fait le Gravos. La potée est tellement si bonne qu'elle a un goût de reviendez-y. Juste une p'tite assiette échantillon : un jambonneau, deux trois saucisses, quèques patates avec du chou. Je vais faire l'impasse sur les carottes vu que j'ai déjà les fesses roses !

La-dessus, il éclate d'un rire postillonnant, tandis que la mère Blondeau lui remplit son écuelle l'air tellement las que son mari prend le relais.

— Tu tiens plus debout, ma grande. Monte te coucher, je vais m'occuper de notre invité.

— C'est pas de refus.

La femme dénoue son tablier, embrasse son époux sur le front, serre la main de Béru et s'évacue d'un pas pesant dans l'escalier. Sitôt qu'elle a quitté la pièce, Anatole se confie à Alexandre-Benoît.

— Depuis l'assassinat de Juliette, elle n'a pas fermé l'œil, moi non plus, d'ailleurs.

Tout en ingurgitant sa platée de victuailles, Béru compatit avec sa délicatesse coutumière.

— Je sais c' que c'est ! Y a deux ans on a perdu Dick, un épagneul-labrador de toute beauté. Ecrasé par un taxi. Eh ben j' vous jure que les premiers temps, fallait qu' j' me force pour avaler mes apéros.

Un long silence s'établit entre les deux hommes, à peine troublé par les déglutitions de fortes lampées de cidre. Le paysan sort d'un tiroir la dernière édition de *La République du Perche* et la brandit devant Béru. En première page on peut lire le titre qui fait la manchette de tous les quotidiens et la une des journaux radio et télé : *« Le père a vu l'assassin de sa fille, pourquoi refuse-t-il de le dénoncer ? »*

— Je me demande à quoi ça sert, toutes vos manigances, grommelle-t-il. J'ai rien vu.

— On le sait bien, mais c'est un piège !

— Pour pas inquiéter Martha, j'ai caché le journal et je lui ai dit que vous étiez simplement ici pour les besoins de l'enquête.

— V' z' avez bien fait, M'sieur Anatole, explique l'Obèse. Mon supérieur rachitique, le commissaire San-Antonio qu' vous connaissez, s' sert de vous comme chèvre, pour empâter le céréales killer qui tue en série. La vérité, c'est que j' sus là pour vous protéger.

— Vous croyez que j'ai besoin d'être protégé ? ricane le cul-terreux en désignant un fusil accroché au mur.

— C't' une mesure de sécurité qu'on prend par précaution, pléonasme Béru, en se servant d'autorité la moitié du Livarot. Vous z'aureriez rien de plus musclé à boire pour accompagner le from'ton ?

— Ma gnole ? Propose Anatole. Ou mon calva ?

— Voilà des mots que j'aime entendre, poétise le Mastard en se pourléchant les babines. Apportez les deux, on va trier.

A l'étage, Martha fermait les volets de sa chambre. Elle ne remarqua pas que le coffre de la vieille D.S. de Bérurier se soulevait et qu'une ombre s'en évadait.

*

* *

Nicolas Godemiche a l'air de ce que l'on nomme dans sa Beauce natale « une corneille pouilleuse » et en Bretagne « une mouette mazoutée ». Il a perdu toute sa superbe et son teint est plombé comme un wagon en partance pour Auschwitz.

Malgré l'heure tardive, la juge Hatouva s'est fardée façon marquise de Pompadour et sa jupe est si courte qu'elle cache à peine l'amorce dentellière de ses bas jarretières. En l'absence de sa greffière, elle tape elle-même la déposition sur l'ordinateur.

Nicolas, profil bas, commence par s'excuser auprès du commissaire Roykeau. S'il lui a tiré dessus, c'était pour récupérer les lettres de Mathilde. Il ne voulait pas que son père apprenne sa liaison avec sa belle-sœur.

Refusant de me laisser embarquer sur un terrain qui ne m'intéresse pas, je reviens au cœur du débat.

— Que faisiez-vous dans ce train pour Nogent, le vouvoie-je-t-il, car il est de mauvais goût de tutoyer un prévenu en présence d'un juge.

— Je venais tuer Anatole Blondeau, répond-il, le plus simplement du monde.

— Pour quelle raison ? questionne la juge.

— J'avais peur qu'il me dénonce...

— ... d'avoir assassiné sa fille Juliette ? interviens-je.

— C'est ça, admet Nicolas.

— Comme vous avez tué le Dr Collot parce qu'il avait remarqué votre voiture ? insiste Annick Hatouva.

— C'est ça, répète le jeune homme.

— Vous l'avez tué avec une hache que vous avez dérobée chez Aimé, le contremaître du Pinson-Tournan ? interviens-je.

— C'est ça, dit encore Godemiche junior.

Je décide de lui mettre la pression.

— Vous êtes également le meurtrier de Mélanie ?

— Bien sûr.

— Parce qu'elle vous faisait chanter ?

— Bien sûr.

— Avec ce cliché ?

Je lui tends la photo compromettante. Il n'y jette

même pas un œil et se contente de murmurer : « Vous avez réussi à la trouver ? Pas moi ! »

A son tour, la juge observe le tirage et ses pommettes de cochonne s'empourprent légèrement.

— Pourquoi avoir tué Suzie ? à-brûle-pourpointé-je.

Nicolas paraît soudain désemparé.

— Parce que... parce qu'elle avait découvert la photo et me faisait chanter à son tour.

— Bien.

Je marque un temps et repars à l'assaut.

— Je comprends mal le meurtre de Juliette. Cette fille vous aidait, elle vous cachait, n'est-ce pas ?

— Elle semblait craquer, elle allait me trahir.

— Votre sentiment, madame le juge ?

La femme hésite à peine.

— Je prononce la mise en examen de M. Nicolas Godemiche pour homicide volontaire sur les personnes de Mélanie Godemiche, Suzie Morrand, Albert Collot et Juliette Blondeau.

Elle demande à Roykeau et aux deux autres poulets qui l'accompagnent d'évacuer l'inculpé. Nous nous retrouvons seuls, elle et moi. Calmement, Mme le juge va donner deux tours de clé à la porte de son bureau. Puis elle revient à sa table de travail, la balaye d'un revers de bras et s'y assoit jambes ouvertes.

Tu me crois si je te dis qu'elle n'a pas de culotte ?

*

* *

— Sur le palier, Anatole désigna une porte à Béru.

— Tu couches là.[1]

Le Gravos fit la moue.

— Et ta chambre, c'est laquelle-t-est-ce ?

— L'autre.

Alexandre-Benoît se frictionna le menton.

— C'est pas prudent que tu dormasses dans ta piaule, rapport à l'assassin qui rôde. Faudrait mieux que tu prisses la chamb' d'amis et que moi je monte la garde dans ta carrée.

— Tu crois ?

— J' suis sûr !

— Mais ma femme ?

— J' vais m'faire tout p'tit pour pas la déranger.

Lorsque Martha se réveilla, il était trop tard. L'anaconda de Bérurier l'avait investie jusqu'en des profondeurs qui constituent un point de non-retour. Elle prit le parti de jouir en silence, mais ses ébats firent néanmoins chuter le téléphone qui se décrocha.

Ce petit incident ne fut pas sans conséquences.

*

* *

1. Gnole + Calva = tutoiement.

Tu sais à quoi je gamberge en fonçant pied au plancher en direction de la Vieille-Nave ? Pas à la troussette sur le burlingue de la belle Annick ! C'est pourtant une mouilleuse d'exception. Je parie que la greffière, demain, va se faire un sandwich avec le buvard de son sous-main.

Non, je repense aux trois gros mensonges du fils Godemiche ! Tu veux que je les énumère où tu les as pointés toi-même ? Bon, alors, j'y vais. Pour assister ma mémoire, j'ai pris la précaution d'enregistrer l'interrogatoire, ce qui est strictement interdit dans le bureau d'un juge d'instruction. Mais tu ne crois pas qu'après une fourrée pareille, Miss Hatouva risque de porter le pet ?

Ecoute l'enregistrement en remontant de la fin vers le début.

Question posée par le gars moi-même : « Je comprends mal le meurtre de Juliette. Cette fille vous aidait, elle vous cachait, n'est-ce pas ? »

Réponse de Nicolas : « Elle semblait craquer, elle allait me trahir. »

Comment croire cette baliverne ? Si Juliette voulait dénoncer Nicolas, elle l'aurait fait en la présence de ses parents. Elle aurait appelé la police et ne lui aurait pas porté un plateau-repas dans la grange. Tu me suis ?

Autre question : « Vous l'avez tué (on parle du Dr Collot) avec une hache que vous avez dérobée chez Aimé, le contremaître du Pinson-Tournan ? »

Réponse de Godemiche junior : « C'est ça ! »

Faux, archi-faux ! Aimé m'a certifié avoir prêté cette hache à Nicolas l'hiver dernier. Le jeune homme ne l'a donc pas volée. En fait, il ne sait pas de quelle hache il s'agit. Ce qui prouve qu'il n'a pas assassiné le toubib, contrairement à ses aveux.

Troisième question de ma part : « Pourquoi avoir tué Suzie ? »

Réponse de l'inculpé : « Parce que... parce qu'elle avait découvert la photo et me faisait chanter à son tour. »

Encore un mensonge. Le cliché, nous l'avons trouvé Béru et moi, dans le freezer dégivré bien après la mort de Suzie.

J'ai la ferme conviction que Nicolas n'est pas le psychopathe que nous traquons.

Alors ?

Un étrange gargouillis parcourt mon œsophage.

Antoine aurait-il pu m'abuser à ce point ?

*

* *

Quand je pénètre dans la cour en faisant crisser les gravillons, le château de la Vieille-Nave baigne dans le silence et la solitude. Le disque lunaire blanc et glacial propage une lueur macabre sur la vaste demeure.

La BMW de Jacquemart-André n'est pas là. Je me précipite à l'entrée principale. Je frappe, sonne, braille. Aucune réponse. Dommage, car j'aurais voulu l'interroger sur un point qui me turlupine et me tord la pine. Il prétend avoir vu le roller-man, donc Antoine, lesté d'un sac à dos et de haches. Mon fils nie le sac à dos et les haches.

Qui ment ?

Les deux admettent que la rencontre a eu lieu à 20 heures, le soir du meurtre de Suzie. Ce que corrobore le reçu de péage du vieux Godemiche.

Un truc me frappe soudain. Jacquemart est absent. Comme il était absent le soir de la rave-party et l'après-midi de l'assassinat de Suzie. Je sors mon téléphone et me lance dans une recherche simple : où se trouvait Jacquemart-André lorsqu'il m'a rappelé soi-disant depuis le salon agricole de la porte de Versailles ? Trois minutes plus tard, j'ai la réponse. L'appel de Godemiche *father* a été transmis par la borne de Chartres-Cathédrale. Cet enfoiré n'était pas à Paris, mais bien dans la région du meurtre de Suzie !

Ma tête chavire. J'ai du mal à rassembler les pièces de ce macabre puzzle. Je n'ai jamais suspecté Jacquemart grâce à son abord sympathique, et à cause de ce ticket de péage qu'il ne m'a pas présenté spontanément. C'était magnifiquement joué, de me le laisser découvrir par hasard. Un chef-d'œuvre psychologique ! S'il m'avait brandi le reçu sous le nez, j'aurai vérifié son alibi avec davantage de minutie.

En vérité, il a eu le temps nécessaire pour éventrer Suzie, fendre le crâne du docteur Collot, repartir pour Saint-Arnoult par la nationale 10 et reprendre l'autoroute en direction de Chartres. Ticket acquitté à 19 h 48, sans bavure !

Plus question de tergiverser. Je sors mon sésame et crochète la serrure du château en moins de temps qu'il ne t'en faut pour contourner l'élastique du slip de ta secrétaire.

Je trace direct à la chambre de Nicolas et me plante devant le coffre. Ma boîte à idées est en ébullition. Je me concentre pour retrouver le code d'ouverture du coffiot.

« Souviens-toi, mec ! m'exhorté-je. La date de la mort de Mme Godemiche. C'était un jour funeste... le 13 ! Je suis sûr que c'était le 13. »

Je compose ces deux chiffres sur la molette et gamberge à nouveau. Elle est morte il y a sept mois, m'a dit Jacquemart. Compte à rebours... ce devait être en Avril... 04. Bingo ! La porte blindée pivote.

Je plonge la main et happe le dossier médical entr'aperçu naguère. Je le feuillette en mouillant mes doigts, comme lorsque tu es parvenu à l'intérieur de la culotte de la même secrétaire (ou d'une autre, c'est ta vie privée, mon pote !).

Même si je n'ai pas fait chirurgie en première langue, je pige tout de suite que le cancer de l'épouse Godemiche a nécessité l'ablation de l'utérus et des ovaires, ainsi que le retrait des glandes mammaires.

Un bruit dans les étages m'extirpe de ma torpeur. Je repense alors à ce grenier si propre qu'on y mangerait par terre. Le vieux Jacquemart ne se planquerait-il pas dans ses combles ?

Je fuse dans les escadrins comme un Scud durant la guerre du Golfe. Je retrouve la pièce telle qu'en elle-même. *Clean* mais imprégnée d'une odeur âcre de mauvais aloi. Je constate que la fenêtre de la lucarne est ouverte et qu'une chouette tente de se cacher sous une poutre. C'est elle que j'ai entendue marcher.

J'essaie de la rassurer en lui parlant avec douceur.

— N'aie pas peur, ma petite mère ! Je n'ai jamais fait de mal à un bipède, pourvu qu'il ait des ailes.

Tout en parlant, je remarque un fil électrique qui court depuis la loupiote centrale jusqu'à une cloison. Je tapote la paroi constituée de lambris de pin et finis par dégauchir la faille. Un espace plus large entre les lattes dissimule un piton. J'appuie dessus. Cette action déclenche l'ouverture d'une porte dérobée.

Je tâtonne pour trouver l'interrupteur et la lumière fut. Je regretterai toute ma vie ce geste inconsidéré. Le spectacle est l'un des plus insoutenables qu'il m'ait été donné de contempler.

Allongée sur un divan, Madame Godemiche m'accueille, cheveux cendrés, bouclés et ténus comme les fils d'une toile d'araignée. Ses yeux et son nez ne sont plus que trois trous dans un faciès verdâtre et parcheminé. La robe recouvrant son squelette commence à être rongée par la vermine.

Au pied de ce catafalque, un tabouret a été disposé en guise d'autel, décoré d'un napperon de dentelle. Un bocal repose dessus. A l'intérieur, dans un bain de formol, flottent les utérus et les ovaires des jeunes femmes suppliciées.

Je réprime un haut-le-cœur et décide de réagir. Sur mon portable, je compose fébrilement le numéro privé de Roykeau.

Réveillé en sursaut, le commissaire de Chartres m'apprend que les barrages ont été levés, puisque le serial killer est en cabane. Il ne sait pas pourquoi je le traite de gros con. C'est à moi que je m'adresse !

Second coup de fil pour alerter Béru.

Bip... bip... bip... déclare la ligne occupée.

Je t'avais bien dit que ce téléphone décroché ne serait pas sans conséquences !

*

* *

La BMW de Jacquemart-André pénètre en roue libre dans la cour de la ferme des Blondeau. Le conducteur coupe la lumière de son plafonnier avant de quitter le véhicule. Il s'empare d'une carabine qu'il arme de quatre balles, et va se planter sous les fenêtres d'Anatole.

— Blondeau ! hurle-t-il d'une voix de centaure[1] ! Blondeau ! Ton frère Aimé vient d'avoir une attaque...

Presque aussitôt, un volet s'ouvre. Mais pas celui que Godemiche escomptait. Une silhouette s'encadre au premier étage.

— Il est mort ? demande Anatole.

Le temps de changer l'axe de son tir, Jacquemart-André reçoit un manche de pioche en plein visage. Son coup part dans les nuages. Il se retourne et s'apprête à faire feu sur son agresseur lorsque des phares l'éblouissent. Il tire sa seconde balle. A côté de la cible qui vient de s'échapper en un magnifique plongeon.

Jacquemart panique, saute dans sa voiture et démarre en trombe. La seule issue possible, c'est ce chemin de terre qui grimpe sur le flanc de la mare à purin.

*

* *

Je jaillis de mon Audi, flingue en pogne.

— Tu n'as pas de mal, Antoine ? crié-je, fou d'angoisse.

— *No problem, father* ! dit-il en se relevant.

Le soupir que je pousse va être baptisé Norma

1. Béru dixit.

par les météorologues de la Floride et faire trembler la péninsule pendant trois jours.

Anatole et Béru débarquent en catastrophe de la cagna. Le Gravos a juste eu le temps d'enfiler un slip kangourou dont la poche ventrale laisse pendouiller sa queue de castor.

— Un peu de pudeur, inspecteur, rouscaille le péquenot. Imaginez que ma femme se réveille ?

Martha ne risquait pas de sortir des limbes. Après une transfusion de sperme béruréen, elle dormirait jusqu'au petit jour.

*

* *

Blondeau a estimé qu'il valait mieux poursuivre le fuyard avec son tracteur qu'avec ma bagnole. Les labours de la colline ne permettent à aucune voiture de circuler, tant ils sont profonds et gelés.

Je prends place à ses côtés dans la cabine de l'engin, tandis que Béru et Antoine s'installent dans le tombereau.

— Pas confortable ! grogne le Mastard, en se frottant les reins.

— Mais mieux que le coffre de ta D.S., ricane Antoine.

Nous n'avons guère de chemin à parcourir avant de repérer la BMW de Godemiche, couchée sur le flanc. Un peu plus loin, nous découvrons Jacquemart-André. Il s'est tordu la cheville dans une profonde ornière. Je m'approche de lui, compatissant.

— J'ai tout compris, mon vieux.

En guise de bienvenue, il me largue une bastos qui me rase le temporal. Je plonge au sol en gueulant.

— Arrête tes conneries, Jacquemart !

— Attention ! Il me reste encore une balle !

Je demeure un long moment couché dans mon sillon avant de relancer le débat.

— Pourquoi ? Dis-moi, pourquoi tant de meurtres ?

— Ma femme avait besoin d'une greffe.

— La greffe de vie, ça n'existe pas.

— Si ! Moi, je vais lui faire sa transplantation ! Elle revivra !

Mieux vaut changer de sujet.

— Pourquoi as-tu marqué les lieux de tes crimes sur la carte routière de ton fils ? Pourquoi avoir utilisé sa hache contre le Dr Collot ? Pour le faire arrêter à ta place ?

Surmontant sa douleur, Jacquemart se redresse.

— Nicolas est une petite ordure. Pendant que sa mère mourait, il baisait sa tante. Il fallait qu'il paie et que moi je poursuive mon œuvre !

— Cette petite ordure a accepté de prendre tes crimes en charge ! grondé-je. Il s'est accusé pour toi.

Je pousse un hurlement car Antoine bondit vers le forcené ! Le coup part. Mon fils est stoppé net.

Il gémit et bascule en arrière. Je me précipite en même temps qu'Anatole. Mais lui s'est emparé d'une fourche trident qu'il enfonce de tout son poids dans les poumons de Jacquemart.

Je n'oublierai jamais le son de ce poitrail perforé, ni la lente agonie de ce pauvre malade.

Antoine n'est que superficiellement touché au bras. Il nous faut plusieurs minutes pour recouvrer notre calme.

— Je vais aller en taule ! gémit Blondeau. J'm'en fous, pour moi. Mais mes bêtes ? Et ma femme ? Qu'est-ce qu'elle va devenir, ma femme, sans sa fille ni son homme ?

Bérurier se gratte le fion, renifle ses doigts et prend la décision du siècle.

— Faut qu'on fait disparaître le cadav' !

Antoine que je viens de garrotter réagit aussi sec.

— Hé ! En l'absence du coupable, je reste le seul suspect !

— Rassure-toi, mon garçon, j'ai toutes les preuves de la culpabilité de Jacquemart-André. Suffit d'explorer son grenier.

— Ouais... marmonne Anatole. J'ai bien une idée pour ce salaud, seulement je sais pas quoi faire de sa voiture.

— La bagnole, on s'en charge ! décidé-je.

*

* *

« La lune, quand elle est pleine et toi aussi, te fait penser à un cul, admets ? Et bien cette nuit-là, pas du tout. C'était une lune fielleuse, plus blanche qu'un lilas offert à une jeune tuberculeuse... »

Tu connais la suite, non ?

Ce fut sans doute l'un des plus beaux matins du monde, puisque ce fut celui où IL mourut.

FIN FINALE

MORCEAUX CHOISIS

Ironiques, insolentes, cinglantes, corrosives, cruelles, paillardes ou hilarantes, les réflexions de San-Antonio vous feront pleurer de rire ou grincer des dents.

Disponibles chez votre libraire :

1. Réflexions énamourées sur les femmes
2. Réflexions pointées sur le sexe
3. Réflexions poivrées sur la jactance
4. Réflexions appuyées sur la connerie
5. Réflexions sur les gens de chez nous et d'ailleurs
6. Réflexions passionnées sur l'amour
7. Réflexions branlantes sur la philosophie
8. Réflexions croustillantes sur nos semblables
9. Réflexions définitives sur l'au-delà
10. Réflexions jubilatoires sur l'existence

Correspondance entre l'ancienne numérotation de la collection « San-Antonio » et la nouvelle numérotation chronologique *portée sur chaque roman réimprimé à partir de 2003.*

S-A	→	*chrono*
S-A 1	→	***80***
S-A 2	→	***9***
S-A 3	→	***10***
S-A 4	→	***11***
S-A 5	→	***38***
S-A 6	→	***81***
S-A 7	→	***31***
S-A 8	→	***32***
S-A 9	→	***37***
S-A 10	→	***48***
S-A 11	→	***49***
S-A 12	→	***50***
S-A 13	→	***51***
S-A 14	→	***53***
S-A 15	→	***39***
S-A 16	→	***40***
S-A 17	→	***82***
S-A 18	→	***47***
S-A 19	→	***52***

S-A → *chrono*

S-A 20 → *83*
S-A 21 → *54*
S-A 22 → *56*
S-A 23 → *59*
S-A 24 → *60*
S-A 25 → *61*
S-A 26 → *84*
S-A 27 → *62*
S-A 28 → *63*
S-A 29 → *64*
S-A 30 → *85*
S-A 31 → *65*
S-A 32 → *66*
S-A 33 → *86*
S-A 34 → *67*
S-A 35 → *68*
S-A 36 → *87*
S-A 37 → *69*
S-A 38 → *70*
S-A 39 → *71*
S-A 40 → *30*
S-A 41 → *55*
S-A 42 → *88*
S-A 43 → *2*
S-A 44 → *3*
S-A 45 → *4*
S-A 46 → *89*
S-A 47 → *5*
S-A 48 → *6*
S-A 49 → *7*
S-A 50 → *8*

S-A	→	*chrono*
S-A 51	→	*12*
S-A 52	→	*90*
S-A 53	→	*13*
S-A 54	→	*14*
S-A 55	→	*15*
S-A 56	→	*16*
S-A 57	→	*17*
S-A 58	→	*18*
S-A 59	→	*19*
S-A 60	→	*91*
S-A 61	→	*20*
S-A 62	→	*21*
S-A 63	→	*22*
S-A 64	→	*92*
S-A 65	→	*23*
S-A 66	→	*24*
S-A 67	→	*25*
S-A 68	→	*26*
S-A 69	→	*93*
S-A 70	→	*27*
S-A 71	→	*28*
S-A 72	→	*29*
S-A 73	→	*33*
S-A 74	→	*34*
S-A 75	→	*94*
S-A 76	→	*35*
S-A 77	→	*36*
S-A 78	→	*41*
S-A 79	→	*95*
S-A 80	→	*42*
S-A 81	→	*43*

S-A	→ *chrono*
S-A 82	→ ***96***
S-A 83	→ ***44***
S-A 84	→ ***45***
S-A 85	→ ***97***
S-A 86	→ ***46***
S-A 87	→ ***57***
S-A 88	→ ***58***
S-A 89	→ ***72***
S-A 90	→ ***73***
S-A 91	→ ***98***
S-A 92	→ ***74***
S-A 93	→ ***75***
S-A 94	→ ***76***
S-A 95	→ ***99***
S-A 96	→ ***77***
S-A 97	→ ***78***
S-A 98	→ ***100***
S-A 99	→ ***79***
S-A 100	→ ***101***
S-A 101	→ ***102***
S-A 102	→ ***103***
S-A 103	→ ***104***
S-A 104	→ ***105***
S-A 105	→ ***106***
S-A 106	→ ***107***
S-A 107	→ ***1***

À partir du n° **108**, les numéros de la collection « **S-A** » coïncident exactement avec les numéros ***chronologiques***.

R. Milési

Achevé d'imprimer sur les presses de

BUSSIÈRE

GROUPE CPI

à Saint-Amand-Montrond (Cher)
en février 2003

FLEUVE NOIR
12, avenue d'Italie
75627 Paris Cedex 13
Tél. : 01-44-16-05-00

— N° d'imp. : 30814. —
Dépôt légal : mars 2003.

Imprimé en France